倪匡奇情作品集

木蘭花傳奇 25

詭局

（含：地道奇人、蜜月奇遇）

倪匡 著

目錄

地道奇人

蜜月奇遇

【總序】

木蘭花VS.衛斯理——倪匡奇幻系列的兩大巔峰

秦懷玉

對所有的倪匡小說迷來說，《衛斯理傳奇》無疑是他最成功、也最膾炙人口的作品了，然而，卻鮮有讀者知道，早在《衛斯理傳奇》之前，倪匡就已經創造了一個以女性為主角的系列奇情故事，甫出版即造成大轟動，《木蘭花傳奇》遂成為倪匡眾多著作中最具特色與最受讀者喜愛的兩大系列之一；只因衛斯理的魅力太過強大，使得《木蘭花傳奇》的光芒被掩蓋，長此以往被讀者忽視的情形下，漸漸成了遺珠。

有鑑於此，時值倪匡仙逝週年之際，本社特別重新揭刊此一系列，希望藉由新的編排與介紹，使喜愛倪匡的讀者也能好好認識她。

《木蘭花傳奇》是倪匡以筆名「魏力」所寫的動作小說系列。原載於香港新報及《武俠世界》雜誌，內容主要是以黑女俠木蘭花、堂妹穆秀珍及花花公子高翔三人所組成的「東方三俠」為主體，專門對抗惡人及神秘組織，他們先後打敗了號稱「世界上最危險的犯罪集團」的黑龍黨、超人集團、紅衫俱樂部、赤魔團、暗殺黨、黑手黨、血影掌，及暹羅鬥魚貝泰主持的犯罪組織等等，更曾和各國特務周旋、鬥法。

如果說衛斯理是世界上遇過最多奇事的人，那麼打擊犯罪集團次數最高的，即非東方三俠莫屬了。書中主角木蘭花是個兼具美貌與頭腦的現代奇女子，在柔道和空手道上有著極高的造詣，正義感十足，她的生活多采多姿，充滿了各類型的挑戰；她的最佳搭檔：堂妹穆秀珍，則是潛泳高手，亦好打抱不平，兩人一搭一唱，配合無間，一同冒險犯難；再加上英俊瀟灑，堪稱是神隊友的高翔，三人出生入死，破獲無數連各國警界都頭痛不已的大案。

若是以衛斯理打敗黑手黨及胡克黨就得到國際刑警的特殊證明文件的標準來看，木蘭花在國際刑警的地位，其實應該更高。

相較於《衛斯理傳奇》，《木蘭花傳奇》是入世的，在滾滾紅塵中演出令人目眩神搖的傳奇事蹟。衛斯理的日常儼然是跟外星人打交道，遊走於地球和外太空之間，事蹟總是跟外星人脫不了干係；木蘭花則是繞著全世界的黑幫罪犯跑，哪裡有犯罪者，哪裡就有她的身影！可說是地球上所有犯罪者的剋星！

而《木蘭花傳奇》中所啟用的各種道具，例如死光錶、隱形人等等，一如倪匡慣有的風格，皆是最先進的高科技產物，令讀者看得目不暇給，更不得不佩服倪匡驚人的想像力。

尤其，木蘭花等人的足跡遍及天下，包括南美利馬高原、喜馬拉雅山冰川、北極、海底古城、獵頭族居住的原始森林、神秘的達華拉宮及偏遠隱密的蠻荒地區等，讀者彷彿也隨著木蘭花去各處探險一般，緊張又刺激。

《衛斯理傳奇》與《木蘭花傳奇》兩系列由於歷年來深受讀者喜愛，書中主要角色逐漸由個人發展為「家族」型態，分枝關係的人物圖越顯豐富，好比《衛斯理傳奇》中的白素、溫寶裕、白老大、胡說等人，或是《木蘭花傳奇》中的「天使俠女」安妮和雲四風、雲五風等。倪匡曾經說過他塑造的十個最喜歡的小說人物，有三個在木蘭花系列中。白素和木蘭花更成為倪匡筆下最經典傳奇的兩位女主角。

在當年放眼皆是以男性為主流的奇情冒險故事中，倪匡的《木蘭花傳奇》可謂是開創了另一番令人耳目一新的寫作風貌，打破過去女性只能擔任花瓶角色的傳統窠臼，以及美女永遠是「波大無腦」的刻板印象，完美塑造了一個女版〇〇七的形象。猶如時下好萊塢電影「神力女超人」、「黑寡婦」等漫威女英雄般，女性不再是荏弱無助的男人附庸，反而更能以其細膩的觀察力及敏銳的第六感，來解決各種棘手的難題，也再一次印證了倪匡與眾不同的眼光與新潮先進的思想，實非常人所能及。

《女黑俠木蘭花傳奇》共有六十個精彩的冒險故事，也是倪匡作品中數量第二多的系列。每本內容皆是獨立的單元，但又前後互有呼應，為了讓讀者能更方便快速地欣賞，新策畫的《木蘭花傳奇》每本皆包含兩個故事，共三十本刊完。讀者必定能從書中感受到東方三俠的聰明機智與出神入化的神奇經歷，從而膾炙人口，成為讀者心目中華人世界無人能敵的女俠英雌。

地道奇人

1 瞎狼童

初春，木蘭花住所的那個花園中，兩株桃花開得極其燦爛，早謝了的桃花，已結出了毛茸茸的小桃子，看來十分有趣。

安妮站在一株桃樹之前，一個一個地數著那些小小的桃子，嫩綠的葉芽，夾在鮮紅的花朵中，站在桃樹前，安妮的臉色似乎也不再那麼蒼白了。

花園外的公路上很靜，隔好久才有一輛車子駛過，安妮在寂靜中，聽到了一種「得」、「得」的聲響。

當這種聲響才傳進她耳中的時候，她並沒有在意，可是聲響越傳越近，安妮不禁轉頭向外看了一眼，她看到了一個瞎子，正貼著路邊，向前慢慢走來。

那瞎子穿著一件寶藍色的長衫，手中持著一根彎彎曲曲，古意盎然的老籐杖，他的行動十分遲緩，慢慢地在向前走來。

他一面向前走著，手中的籐杖不但向前點著，而且還點向旁邊，當他的籐杖點到了花園的圍牆時，他略停了一停。

也就在這時，他抬起了頭來。

當他抬起頭來的時候，安妮不禁嚇了一跳。

那瞎子的臉色，是一種異樣的蒼白，白得給人一種悲慘的印象，同時，安妮也注意到，他不但臉色蒼白，雙手也白得出奇。

這樣的一個人，雖然是在郊外，但是在一個現代化的大都市中，也不常看得到，他像是完全不屬於這個時代的人！

他在略停了一停之後，又繼續向前走來。

當他再度開始向前走來之後，他的動作更遲緩了，他手中的籐杖點著圍牆，慢慢地來到了鐵門前，籐杖碰在鐵門上，發出了「錚」地一聲。

安妮一直在注視著那瞎子，那瞎子又呆了一呆，才用籐杖在鐵門上，連敲了六七下，發出了一陣聲響來。

安妮皺了皺眉，向前走去。

安妮的腳步十分輕，但是，那瞎子的聽覺顯然十分靈敏，他立時不再敲打鐵門，在他臉上，現出專注的神情來。

接著，那瞎子便開口道：「小姐！」

那瞎子說的是很生硬的英語，這樣的一個人，居然開口便說英語，這已經夠令人感到奇怪的了，但是令得安妮吃了一驚的，卻是他竟然能知道向鐵門走來的是「小姐」，而不是「先生」！

安妮呆了一呆，失聲道：「你的眼睛——」

那瞎子苦笑了一下，道：「我是瞎子，瞎得什麼也看不見，但是我的耳朵十分靈敏，我可以從腳步聲中，分出男女來。」

安妮的心中，充滿了好奇，她問道：「我能給你什麼幫助嗎？」

那瞎子道：「人家告訴我，沿著這條公路向前走，就可以找到女黑俠木蘭花的住所，請問，我現在離木蘭花的住所，還有多遠？」

安妮遲疑了不到一秒鐘，就說道：「你已經到了。」

那瞎子一聽，臉上立時顯出了極其激動的神色來。但是那種激動的神情，在他的臉上一閃而過，他立時就恢復了平靜，他的那種平靜，看來使人有一種陰森森的感覺。

他用一種十分焦切的語調問道：「那麼，我可以見一見她？我從很遠的地方來，我是特地來找她的，我可以見她一面嗎？」

安妮有點不忍心地道：「先生，你既然瞎了，你是見不到她的。」

那瞎子連忙說道：「我的意思是，我有話和她說！」

安妮道：「請你等一等。」

安妮一面說著，一面回過頭去，她本來是準備揚聲叫木蘭花的。但是她剛一轉過頭去，就看到木蘭花從客廳中走了出來。

安妮沒有再高聲叫喚，她只是低聲告訴那個瞎子，道：「蘭花姐來了！」

木蘭花向前走來，她一直望定了在門外的那個瞎子，雙眉微微打著結。

木蘭花是一個觀察力極其敏銳的人，她幾乎看到了一個人，便可以猜到那個人的身分，可是這時，她卻也猜不透，在鐵門外的那個瞎子，究竟是什麼身分。

她來到了鐵門前，儘管她的心中充滿了疑惑，但是她的語聲卻十分平靜，她道：「安妮，我們有客人了，為什麼不開門？」

安妮向木蘭花做了一個手勢，表示那瞎子十分詭異。

木蘭花點了點頭，表示她知道，但是她還是揚了揚手，要安妮開門。

在她們兩人做手勢的時候，自然沒有發生任何聲響來，可是在鐵門外的那瞎子卻道：「蘭花小姐，你放心，我是絕無惡意的。」

木蘭花的雙眉，也不禁向上略揚了揚！

因為從那瞎子的這句話聽來，他顯然知道自己和安妮在做什麼，而木蘭花這時離那瞎子極遠，她也知道那是一個瞎子！

那麼，這就證明這瞎子有著極其敏銳的感覺！

這時，安妮已經慢慢地拉開了鐵門來，木蘭花道：「請進來，可要我扶你嗎？」

那瞎子一面走進來，一面揚起了籐杖，木蘭花握住了杖尖，帶著他向前走著，這時，木蘭花已可以更細心地打量那瞎子。

可是，以木蘭花敏銳的觀察力而論，她還是沒有法子斷定那瞎子是什麼身分，他們一起來到客廳之中，坐了下來。

等到坐下之後，木蘭花才徐徐地道：「先生，你應該介紹一下你自己！」

那瞎子直了直身子，道：「是的，蘭花小姐。不過，蘭花小姐，我得先問問你，你對我所說的一切，是不是會相信？」

木蘭花的反應十分快，她立時道：「那自然得看你所說的是什麼事！」

那瞎子點著頭，道：「蘭花小姐，我是從一個遙遠的地方來的，蘭花小姐，你可曾聽說過有一座宮殿，叫達華拉宮？」

木蘭花和安妮兩人互望了一眼，達華拉宮，這個名字實在陌生得很，她們都沒有聽說過，木蘭花想了一想，道：「沒有。」

那瞎子道：「我就是從達華拉宮來的。」

他講了一句話，就停了下來，而木蘭花和安妮也沒有追問他，因為那瞎子講得這樣無頭無腦，想問也無從問起。

那瞎子停了好久，那種難堪的沉默，足以令人感到不耐煩，足足有兩三分鐘之久，那瞎子才道：「正確地說，我是從達華拉宮逃出來的。」

木蘭花只是「哦」地一聲。

那瞎子又道：「那是很久很久以前的事了，我不知道它究竟是多久以前，因為我從來也不知道什麼是時間，我聽得人家說，一個白天和一個黑夜。就是一整天，但在我來說，根本沒有白天，所以我也無法計算時間，我們，全都無法計算時間。」

安妮忍不住想發問，因為那瞎子所說的一切，實在是太玄了。

但是安妮只是張了張口，還沒有發出聲來，木蘭花便向她擺了擺手，示意她不要打斷那瞎子的話頭，由得那瞎子說下去。

那瞎子苦笑了一下，道：「由於我根本看不見什麼，所以我實在很抱歉，我根本不知道達華拉宮是在什麼地方！」

安妮實在忍不住了，道：「那你不是在開玩笑麼？」

那瞎子搖了搖頭，道：「不是，小姐，聽我詳細說，我記得最清楚的是。當我逃出達華拉宮的時候，我身上帶著二十隻大老鼠——」

當那瞎子講到這裡的時候，安妮和木蘭花兩人又互望了一眼，那瞎子的話聽來，越來越是詭異和不可理解了！

可是，她們都沒有出聲，她們心中在想，任由那瞎子說下去，總可以在他的話中理出一個頭緒來的，除非他是完全在胡說八道。

那瞎子又道：「當我吃完了十七隻老鼠的時候，我來到了一處地方，我知道那地方的名稱，那地方，叫紅巴。紅巴。」

那瞎子又接連將「紅巴」這個名字，說了好幾遍。

安妮向木蘭花望去，道：「蘭花姐，這是什麼地方？」

木蘭花的眉心打著結，道：「聽那地名，好像是緬甸北部的一個小鎮。安妮，你到書房去，拿那本地圖下來，我查查。」

安妮三步併著兩步奔向樓上，她立時捧著一本又厚又大的世界地圖走了下來，木蘭花將地圖放在膝頭上，道：「你說的那地方，是在緬甸？」

那瞎子點頭道：「是的。」

木蘭花翻著地圖，不到兩分鐘，她已在地圖上找到了「紅巴」，她抬起頭來，道：「是的，那是緬甸北部，原始森林和河流交織地區的一個小平原，紅巴是其中的一個鎮集，你的意思是，那達華拉宮就在紅巴鎮的附近，你可以步行得到的地方？」

那瞎子點頭道：「是的，我不斷地走，吃完了十七隻老鼠，就到那地方了。請你原諒我，蘭花小姐，雖然我離開達華拉宮很久了，但是我可以說是來自另一個世界的人，我不知道用里數或是天數來計算日程，我只知道我吃完了十七隻老鼠！」

木蘭花深深地吸了一口氣，她知道，那瞎子如果不是在胡說八道的話，那麼，她可以說是遇到了一個世界上最奇怪的奇人了！

木蘭花問道：「關於那達華拉宮——」

那瞎子道：「那是一座極其巨大的宮殿，雖然我們之間，誰也沒有看到過它究竟怎樣大，但是我們都知道它很巨大，在宮中住著皇帝和他的家人，而我們，是宮中最賤的賤人，我們住在達華拉宮無數交錯複雜的地道之中，替皇帝守衛著他的財富。」

木蘭花和安妮兩人的眉都緊蹙著。

木蘭花道：「那麼，你逃出來之後呢？」

那瞎子道：「我先到了紅巴那地方，我根本聽不懂他們的語言，我有我自己的話。當時，我只覺得有許多人向我圍來，我被人帶走，很多人在我身上亂抓亂搶，將我衣服都抓碎了，我一直被人帶著走，直到後來，才有人將我安頓下來，教我講話。等我漸漸學會了現在所說的話時，我聽得他們叫我狼童。」

「狼童？」木蘭花和安妮齊聲道。

「是的，他們說，我是被一種叫狼的東西養大的，那種狼，比老鼠大得多，但是我不是，我是和許多人生活在一起的，當我會說話時，我將這些告訴我周圍的人聽，但是他們完全不相信我的話，只當我是狼童，我的話，一直沒有人相信。」

木蘭花望著那瞎子，心中的疑惑，也達到頂點。

在印度、緬甸一帶的森林中，時時發現「狼童」，那並不是什麼出奇的事，已經有過幾宗記載，那些狼童，的確是自小和狼在一起生活的，他們被發現之後，也大都不能適應人的生活，而只能活上幾年。

可是，眼前這個瞎子，估計已有五十多歲了，他被發現的時候，既然會被當作狼童，那麼，當時他的年紀，合理的推測，應該是十歲左右。

那也就是說，這大約是四十年前的事了。

木蘭花欠了欠身，說道：「以後，你的遭遇又怎樣？」

那瞎子道：「很好，我吃到了我從未曾吃過的可口的東西，有人教我許多我從來也未曾想到過的事，我變得漸漸和別的人一樣了，雖然我一直看不見東西，但是我也知道，別人是可以看得到東西的，最經常和我在一起的一個人，我叫他作齊密教授。」

木蘭花不禁發出了「啊」地一聲，道：「齊密教授！」

安妮忙道：「蘭花姐，你認識他？」

木蘭花向安妮望了一眼，道：「安妮，你也應該知道他。他是英國人，是世界上最權威的人種學家，但是他已去世很久了！」

「是的，」那瞎子道：「自從他忽然不見之後，我周圍的人消失了，我開始自己謀生，我的感覺很敏銳，我可以在街頭，憑我敏銳的感覺，引起路人的詫異，而他們就會賜我以食物，我漸漸地接觸到更多人，也知道了更多的事情。」

他講到這裡，頓了一頓，面上的肌肉抽搐著，樣子看來極其詭異，他的聲音也變得很異樣。

他又道：「我也終於知道，除了我之外，世上根本沒有什麼人知道達華拉宮，和在達華拉宮中我們的那一群人，我將達華拉宮的事講給每一個人聽，人家都笑，說我是一個瘋子，直到我聽到了木蘭花小姐，你的名字，你的事，我才下定決心前來找你。」

木蘭花道：「你來找我的意思——」

那瞎子的聲音更激動，道：「達華拉宮是存在的，他們一定還在宮中的地道中生活，他們有很多人，如果我不是逃出來，我一定還在裡面。」

木蘭花略想了一想，道：「你是要我找到那達華拉宮，將那些宮中的人，帶出宮來？」

那瞎子長長地吁了一口氣，道：「我就是這個意思。」

木蘭花勉強笑了一下，那瞎子所說的一切，實在可以說是太無稽了，無稽得幾乎使人無法相信，木蘭花也不是立即相信了他的。

但是，在那瞎子的口中，既然說出了「齊密教授」這個著名科學家的名字來，那麼，這件事倒還不是全然無稽可考的。

她現在自然不能立時答應那瞎子的要求，而她也不加以拒絕，她只是問道：「你來到這城市多久了？現在住什麼地方？生活有問題麼？」

那瞎子搖頭道：「我的生活沒有問題，我現在，憑我敏銳的觸覺，在夜總會中表演，我生活得很好，我的表演極受歡迎。」

木蘭花道：「那就好，將你的住址留給我，在我未曾和你進一步聯絡之前，你不要離開本市，你對於你自己的過去，可以說一點也不瞭解，但是我相信，齊密教授一定有關於你詳盡的記錄，讓我在查閱了你的記錄之後，再和你聯絡。」

那瞎子點頭道：「好的，謝謝你。」

木蘭花站了起來，道：「請和我們一起到市區去，我希望市立圖書館中，就有齊密教授的記載，不然，要去倫敦研究了。」

木蘭花、安妮和那瞎子一起走了出去，木蘭花引導他上了車，將他送到了他住的酒店，然後，又和安妮一起來到了市立圖書館。

安妮在走進圖書館寬宏的大廳時，用疑惑的口吻道：「蘭花姐，這瞎子所說的一切是真的麼？那幾乎是沒有可能的事。」

木蘭花搖頭道：「現在。還不能作任何肯定的結論，待查到了齊密教授的著作時再說，齊密教授一定有將那瞎子的一切，記載在案的。」

她們走進了圖書館的管理室，翻查著圖書目錄，但是她們都失望了，本市圖書館中是藏有兩本齊密教授的著作，都是人種學的理論著作。

但是她們也不算得完全失望，因為她們在其著作的另一位人種學家的前言中，知道齊密教授另有一本未出版的著作，名稱《最奇怪的瞎狼童》，記述齊密教授為何培養一個雙眼已瞎狼童的事。

這本書未獲出版的原因，是齊密教授自己也難以在準備上獲得明確的結論之故。而這部書的手稿，在齊密教授於一九五六年逝世之後，由他的後人捐給了倫敦市圖書館收藏。

木蘭花在那本著作的序言中看到這一點之後，立時以長途電話和倫敦圖書館聯絡，倫敦方面表示，手稿本是不外借的，但是，如果求借者付出一筆代價的話，那麼，就可以將全部寫稿複印一份，木蘭花立即表示，願意付出這筆代價。

木蘭花是在離開市立圖書館之後，立即到銀行去辦理了匯款手續的，但是也還是足足等了五天，一大包郵件才送到了她的手中。

在那五天之中，木蘭花也沒有空閒著，她搜集了許多資料，資料包括兩方面，一方面是緬甸北部地理的資料，一方面是有關「狼童」的資料。

她搜集的資料，可以說極其詳盡，但是在地理資料中，她卻找不到有關達華拉宮或是相類的記載，可以說是一點線索也沒有。

但是，在幾個人種學家有關狼童的記載中。卻都有提到齊密教授的「瞎狼童」，他們都一致推崇齊密教授訓練那狼童的成功。

所以，等到那一大包齊密教授著作的原稿寄到時，木蘭花和安妮都興奮到了頂點，不等到書房，就在客廳中，她們就將之拆了開來。

手稿本一共有十冊，裝釘得很好。

封面是齊密教授親筆所寫的「奇怪的瞎狼童」，而在那簽名之後，還加了一個問號，可知齊密教授自己也作不出斷論來。

而在書名之下，則是一個年分，年分是自一九二四到一九五四，總共是三十年，木蘭花翻開第一頁來，就看到了一張圖片。

那張圖片，已經模糊得幾乎不能辨認了，只可以看得出，是很多人圍住了一個小孩子，那小孩子很矮小，在他身邊的人，都伸手在他的身上搜取著什麼。

木蘭花連忙翻了過去，齊密教授用這樣的一段話，開始他的著作：

「這一張圖片，是用最原始的攝影器材，在偶然的情形之下攝到的。

「一九二四年九月二十三日，教授和三個助手，正在緬甸北部旅行，一方面調查緬甸北部的民族分佈情形，那是英國殖民地部委託我進行的任務，當天下午五時，我們正在紅巴的街頭上漫步，忽然起了騷動，我們趕去觀看時，發現了一個小孩。那小孩大約十歲，他站在街中心，他顯然是一個瞎子，他的膚色極其蒼白，他的身子在發著抖，他的臉上現出極驚惶的神色。

「這個孩子令人驚異的地方，是他身上穿的衣服，那衣服是鼠皮縫成的，連著褲子，發著惡臭。可是，在鼠皮上，都綴著各樣的寶石，他的出現，引起了極廣的騷動，每一個人湧向那孩子，攫取他身上的寶石，他只是無依地站著，這張照片，就是我的助手之一，史密夫先生在那樣情形之下攝到的。

「當那孩子被推倒在地上之前，我的另一個助手，已召了兩名騎象的警察前來，所有的人一哄而散，那孩子從地上站了起來。他身上的寶石已被搶光，事後，警察捉到了好幾個搶到寶石的人，他們自那孩子身上搶到的寶石，都被證明是品質極佳的寶石。

「看到那孩子站在街頭，那種孤立無依的樣子，我已經決定我要照顧他，事實上，從那一天起，他就一直和我在一起生活，達三十年之久。從現在起，我稱呼這孩子為瞎狼童——因為我首先看到他的手肘部分和膝頭部分有很厚的胼胝組織，證明他是習慣於爬行生活的，我想我是發現了一個狼童。一個以老鼠為食物的狼童，在他的身上，還有三隻肥大的吃剩的老鼠。」

木蘭花和安妮兩人看到這裡，抬起頭來，互望了一眼，安妮吸了一口氣，道：「蘭花姐，這實在是太難以令人置信了！」

木蘭花道：「但是齊密教授的記載，一定是真的。」

她繼續向下翻去，齊密教授的記載十分詳細，他記述著他帶著瞎狼童去洗澡，替他換衣服。

他雖然是瞎子，但是行動異常靈敏，齊密教授將他帶到了仰光，在開始的整整兩年中，除了腐臭的老鼠肉之外，他拒絕進食任何其他的食物。

在那一大段記載中，齊密教授是以日記的方式記述事情的發展的，齊密教授一早就發現。那瞎狼童會說一種十分奇異的語言。

但是，齊密教授曾召集了許多精通緬甸方言的專家和瞎狼童交談，結果都一無所得，沒有人聽得懂瞎狼童在說些什麼。

齊密教授於是開始全心全意地教瞎狼童英語，據齊密教授的記載，足足在七年之後，瞎狼童才開始會說簡單的單字。而在十年之後，瞎狼童會說簡單的句子了。

在那之後，瞎狼童竟進步得十分快，接著，便是二次世界大戰，日本佔領了緬甸，齊密教授帶著瞎狼童，隱居在一個密林中的小鎮內。

那一段時間，教授和瞎狼童簡直是相依為命的。第二次世界大戰結束，緬甸獨立，在那幾年中，瞎狼童由於朝夕和教授相處，已經變得和常人相差無幾了，他已能用英語完整地表達他的意思。

教授的著作寫到這裡，特地用三體字標出了「特別的一章」——「瞎狼童的自述」。在那一章中，記錄著瞎狼童自述他的來歷，他是從一座宮中的地道逃出來的，但齊密教授的結論是：那是不可能的事。

齊密教授認為那是一種奇異的幻想，但是他自己也無法解釋，那種奇異的幻想，為何會產生在一個像瞎狼童那樣的人的腦中。

齊密教授也承認他無法解釋，何以瞎狼童出現在紅巴鎮上的時候，他的鼠皮衣服上會綴滿了寶石，那似乎不是一頭母狼能做得到的事。

所以，在全部手稿的最後，齊密教授認為他自己是失敗的，因為他未能揭開這個謎。

齊密教授也曾和極多專事在緬北進行探險的人談起過達華拉宮，然而根據瞎狼童的敘述，是無法找到那達華拉宮的，因為瞎狼童根本不知方向，也不知走了多遠。

他只是說吃了十七隻老鼠，但是他究竟每隔多久才吃一隻老鼠，也無法推算，而在紅巴鎮的四周，全是崇山峻嶺和原始森林，沒有確切的目的地，在那樣可怕的地方，是找不到什麼的。

木蘭花和安妮終於看完了齊密教授的著作時，天色早已黑了，她們抬頭看了看鐘，已經十點半了，她們看得太出神，已接連看了幾個小時。

木蘭花雙手按在桌上，道：「走，我們到夜總會去看看他。」

安妮立時站了起來，她們知道那瞎子在哪一家夜總會表演。

半小時之後，她們已在侍者的帶領之下，在那家夜總會中坐了下來。

那瞎子正在表演，他的身上，仍然穿著那件藍色的長袍，這件長袍，可能是為他到這裡來表演而特製的。在他的面前，排著一排洋燭。

一個身形高大的歐洲人，正在用他的打火機，燃著了其中的幾支，他故意不斷地「啪啪」地打著打火機，然後，望著那瞎子。

那瞎子站在離那排洋燭有三尺處，他的臉上帶著微笑，道：「先生，你燃著了七支！」

那歐洲人的臉上，現出奇訝的神情來，夜總會中，也響起一陣掌聲。

那瞎子道：「各位，我可以聽到你們每一個人的耳語聲！」

他突然提高了聲音，道：「那面桌上的一位女士，在抱怨湯太鹹了，我相信如果不合口味的話，廚房是可以換一碗的。」

一個正在喝湯的女士，驚叫了起來，道：「我說得那麼輕，連我丈夫也未曾聽到！」

那瞎子的語言之中，帶著深切的悲哀，道：「上帝既然令我看不到任何東西，自然就應該賜我以靈敏的聽覺了，多謝上帝！」

安妮低聲道：「那麼，我們來了，你知道嗎？」

安妮的話說得十分之低，可是那瞎子卻突然震動了一下，道：「有我兩位相識的人來了，各位看，那邊一定坐著木蘭花小姐！」

夜總會中的人紛紛轉過頭來。本市的人，認識木蘭花的絕不少，一時之間，掌聲又此起彼落地響了起來。

那瞎子向前走來，直來到了木蘭花之前。

木蘭花問道：「你表演完了麼？」

「還有一場。」那瞎子回答。

「很好，」木蘭花說：「我們吃點東西，等你表演完了，我們再來談談。」

那瞎子點著頭，走了開去。

2 地下宮殿

等到木蘭花、安妮和那瞎子離開那家夜總會時，已是午夜了，他們一起到了木蘭花的家中。

木蘭花望著那瞎子，道：「我們已讀完了齊密教授有關你的全部記載，她對你所說的達華拉宮一事，一點也不相信。」

那瞎子嘆了一聲，道：「但是，我說的卻是真的。」

木蘭花道：「假定你所說的是真的，那麼這座達華拉宮，一定存在於紅巴附近的叢林區之中，它可能是因為年代久遠而湮沒了。」

那瞎子還未曾回答，安妮已然大搖其頭，道：「蘭花姐，那是沒有可能的，這座宮殿湮沒無聞，那一定是好幾百年前的事了！」

木蘭花並沒有出聲，那瞎子也仰著頭，對著安妮。

安妮勉強笑了一笑，道：「幾百年了，那座宮殿之中怎還可能有人？」

木蘭花仍然不回答安妮的問題，她只是呆了半晌，才道：「先生，請你盡量回憶你童年時的情形，將之詳細告訴我！」

那瞎子兩道眉皺了起來。

木蘭花道：「對你來說，這可能很困難，因為年代實在太久遠了，但是，你還是一定要想一想，好好地將一切全想起來。」

那瞎子的手在微微發著抖，他道：「我要喝些酒。」

木蘭花向安妮望了一眼，安妮立時斟了一杯酒給他，那瞎子一乾而盡，道：「不，雖然隔了很多時候，但是我還可以記得起來。」

「那麼，請告訴我。」木蘭花說。

那瞎子抹了抹口角，道：「當時，我自然極其渾噩，什麼也不知道，我只記得我們很多人在一起生活，和我們生活在一起的是大群的老鼠，我們都有天生的本領，聽到老鼠走過的輕微腳步聲，然後捉住牠們，我們一直吃老鼠，剝老鼠的皮做衣服。我們自己有語言，聽我們的大人講宮中的故事，不過，據他們說，很久很久以前，宮中時時有人走進地道來，但已有很久沒有人走進地道來了，最老的人也未曾和外人接觸過。」

木蘭花道：「根據齊密教授的記載，你在紅巴鎮突然出現的時候，你的鼠皮衣服上綴滿了寶石，那又是怎麼一回事？」

「寶石？」那瞎子側著頭，「這一點，我印象很模糊了，我只記得，那是很硬的一種東西，用來割劃老鼠的皮，十分適宜。」

「你曾提及皇帝，那皇帝叫什麼名字？」

「我記不起來了，我們之中，最老的老人常說，我們是替皇帝看地道的，我們不能夠出去，一出去就會死，我們之中，世世代代生在地道，死在地道。」

安妮聽到這裡，不禁打了一個寒噤。

她曾聽得她的父親說起過在德國納粹集中營中的生活，但是現在聽來，那些世世代代生活在地道中的人，真是和老鼠一樣。

木蘭花緩緩吸了一口氣，道：「這不怎麼可能吧，你們解決了食物問題，但如何解決水和鹽的問題？」

那瞎子道：「地道中有一條小河流流過。」

木蘭花陡地精神一振，說道：「你能肯定這一點？」

那瞎子道：「自然可以肯定，我們常在那水中玩，我就是順著那條水逃出來的。我被責打，因為我最頑皮，到處亂闖，有一次，從一個洞中跌了出去，被拉了回來，受到了責打，我就帶著二十隻老鼠，順著那水一直向前爬行，我第一次感到我不是在一個狹窄的地道中，第一次聽到許多古古怪怪的聲音，也第一次摸到了一種粗糙的東西，我想，那是樹。」

木蘭花靜靜地聽著。

那瞎子又道：「我們這些人，每當感到乏力時，就在石上舔著，石上有一種味道很好的粉，舔了就會好過些。」

安妮低聲道：「蘭花姐，那是硝鹽。」

木蘭花直了直身子。

安妮又道：「蘭花姐，照這樣看來，這些人一直不知道宮殿已被湮沒了，他們還在地道中生活著，一代一代傳下去，傳了幾百年。」

木蘭花道：「可能已有一千年了！」

安妮用奇怪的眼光望著木蘭花，木蘭花道：「我查過歷史，在緬甸北部，曾經有好幾個王朝建立過，在公元七五〇年左右，緬甸的曼努興王朝盛極一時，建有巨大的宮殿，但過不多久，就因為戰爭而被消滅了，其後，便再也沒有人提起過他們。」

安妮也顯得興奮起來，她揮著手，道：「蘭花姐，舉世著名的吳哥窟，是整座城市都被埋在叢林之中，直到最近才被發現。一座城市尚且會被埋在叢林中，何況是一座宮殿，看來，他所說的是真的，只不過那宮殿中還有人活著，那太不可思議了！」

那瞎子的神情也顯得十分激動，道：「你們相信我的話了？」

木蘭花道：「是的，我們有理由相信你的話，但是我想，我們難得對你有什麼幫助，就算真有一座那樣的宮殿在叢林之中，也不是我們的力量所能發現的！」

那瞎子站了起來，失望地叫道：「為什麼？為什麼不能？蘭花小姐，我聽過許多你的事，你幾乎是做任何事都可以成功的！」

木蘭花搖頭道：「不！世界上沒有一個人是做任何事都可以成功的，你想想，你根本不知道你從哪一個方向來，你只是誤打誤撞，到了紅巴鎮，如果要找你來的地方，得搜索好幾千平方哩的原始叢林和山谷，那便是有政府予以支持，也難以做到這一點！」

那瞎子低下頭去，顯出很難過的神情來。

他慢慢地坐了下來，道：「這樣說來，他們……他們只好仍然在地道中和老鼠為伍了，他們完全不知道外面世界是什麼情形。」

木蘭花道：「你離開那裡，也已經有幾十年了，他們或許早已死了。」

「不！」那瞎子突然叫了起來，「照你剛才所說，我們既然已在那地道中生活了幾百年，甚至是一千年，那他們現在一定也還在。」

木蘭花望著黑暗的窗外，半晌不出聲。

安妮用焦切的眼光望著木蘭花，希望木蘭花作出肯定的答覆來，但是在過了好一會之後，木蘭花還是搖了搖頭。

木蘭花只是搖了搖頭，還未曾出聲，可是那瞎子的感覺實在太靈敏了，他竟已覺出木蘭花在搖頭，而且，也知道木蘭花搖頭的意思。

他立時道：「蘭花小姐，你不能幫助我們？」

木蘭花道：「可以的，我可以寫信給聯合國的人權組織，要聯合國和緬甸政府注意這件事，我將齊密教授的著作呈上去，在現代，還有人生活在那樣可怕的情形下，這是人類的恥辱，聯合國人權組織定會採取行動的，他們的力量大，會有辦法。」

那瞎子呆了半晌，木蘭花又道：「可能聯合國方面會要你去作證，所以你不論轉移到哪個城市去表演，都請留一個地址給我。」

那瞎子嘆了一聲，他沒有多說什麼，站了起來，慢慢地向外走了出去，木蘭花道：「讓我送你回酒店去，好不好？」

「不必了，」那瞎子的聲音很黯然，「我想一個人獨自走走，在我來說，黑夜和白天是完全一樣的，我可以走得回去！」

他推開門，點著籐杖，穿過了花園，推開了鐵門，沒入了黑暗之中。

眼看著他漸漸走遠了，安妮才道：「蘭花姐，為什麼你不答應他？」

木蘭花緩緩轉過身來，道：「安妮，你不要看是一座宮殿，如果要尋找起來的話，只怕和找一枚針不會有多大的差別！」

「那怎麼會？」安妮立即表示反對，「紅巴鎮是中心，我們並不是沒有範圍的。」

「雖然是有，但是你得算算，他當日在離開那座宮殿之後，行進了多少哩？我已經算過了，我估算他大約走了十五天。」

「他每天能走多少哩？」

「那很難說。算它二十哩，十五天就是三百哩，我們根本不知道他從哪一個方向來，也就是說，要南、北、東、西，搜索六百哩見方的地方，安妮，那是三萬六千平方哩，你想想，什麼人有力量在那樣大的土地上，去尋找一座可能完全埋沒在森林中的宮殿？」

安妮聽得皺起了眉，一聲也不出。

過了好一會，她才道：「蘭花姐，你剛才提到過曼努興王朝曾在緬北建造宮殿，難道就一點資料也找不出來了麼？」

木蘭花攤了攤手，道：「如果要在那方面找資料的話，那更加渺茫了，現在我們唯一的線索，是有一條河經過那宮殿。」

安妮道：「是啊！」

木蘭花拍了拍安妮的肩頭，道：「可是安妮，你別忘記，在那地區有著上萬條小河，而且那條小河，極可能是地下水。」

安妮嘆了一聲，道：「照你這樣說來，我們簡直不能做什麼了？」

「我們所能做的，就是提請聯合國，再由聯合國請緬甸政府注意這種事，我看，目前我們只能夠這樣做了！」木蘭花伸了一個懶腰，才說道：「睡吧！」

安妮的神情很失望，但是她也沒有再說什麼。

第二天，木蘭花將一切資料整理了一下，再加上她自己的意見，然後，寄到聯合國去，等到那一切資料寄出之後，時間一直在過去。

她們接到那瞎子從東京寄來的明信片，從夏威夷寄來的明信片，從曼谷寄來的明信片，等到木蘭花收到那瞎子自仰光寄來的明信片時，已是兩個月以後的事了。

但是聯合國方面，卻是寄來了一張收到資料的收條後，就音訊全無了。

那天，陽光明媚，木蘭花和安妮正在用早點，穆秀珍突然大叫大嚷奔了進來，身子重重地往沙發上一倒，道：「悶死了！可有什麼新鮮事？」

木蘭花立時回了她一句，道：「太陽之下無新鮮事。」

安妮的心中一動，連忙道：「可是在太陽照不到的地方，可能有新鮮事。」

穆秀珍瞪大了眼，道：「什麼意思？」

安妮望了木蘭花一眼，她看到木蘭花並沒有反對的意思，便道：「秀珍姐，有一件很奇怪的事，說出來你可能不相信！」

穆秀珍直跳了起來，道：「快說！快說！」

安妮道：「秀珍姐，你信不信在一座湮沒了將近一千年的宮殿中，還有人活著？」

穆秀珍呆了一呆，道：「別胡說了！」

木蘭花卻道：「不是一個人，假定他們原來是一個家族，有男有女，一直生活在那座宮殿的地道之中，那麼。他們是可以延續生命，一代代的傳下來的。」

「他們吃什麼？」穆秀珍問。

「吃老鼠。」安妮回答著。

穆秀珍想要哈哈大笑，可是，她卻看到木蘭花和安妮兩人的神色很嚴肅，不像是和她在開玩笑，她也不禁愣了一愣，道：「有這樣的事？」

「有這個可能，因為我們遇到了這樣的一個人，他自稱是從那座宮殿中逃出來的。」木蘭花將那瞎子的事說了一遍。

穆秀珍不禁聽得呆了，等到木蘭花說完，她不禁大聲埋怨道：「你們兩人也真是，那樣稀奇古怪的事，怎麼早不講給我聽。」

木蘭花笑道：「講給你聽有什麼用？」

「怎麼沒有用？我們連那非洲的獵頭族人的禁地都去過，難道不能到那地方去探險？去，我們立時準備一下，就可以動身了！」

木蘭花也不阻止她，她只是在沙發上坐了下來，拿起報紙來，懶洋洋地道：「你去吧，什麼時候啟程，和我說一聲。」

穆秀珍來到了木蘭花的面前，一伸手，搶走了她面前的報紙，道：「蘭花姐，為什麼不能去，你倒說點理由來聽聽。」

「問安妮吧，」木蘭花說：「我懶得再講一遍了。」

穆秀珍立時轉頭向安妮望了過去，安妮便將木蘭花所說，不能找到那座宮殿的原因講了一遍，穆秀珍一面聽著，一面來回走動著。

木蘭花望著穆秀珍，微笑著道：「那一帶地方，是真正的原始森林，只有極少數未開化的苗人和傜人，居住在小平原上，那是無法進入的一個地區。」

穆秀珍道：「我們可以慢慢來，先弄一架小飛機，在那地區的上空檢查，將那些地方拍成一幅一幅的照片，來作研究！」

「是啊，這是一個辦法，但是這都不是你我能夠進行的事，我們應該將這件事讓給緬甸政府去做，他們若是不感興趣，我們也沒有辦法。」

穆秀珍唉聲嘆氣，和安妮又討論了好一會。

她和安妮兩人討論得很熱烈，但是木蘭花的態度始終很冷淡，一直到了中午，木蘭花的態度還是沒有絲毫改變。

穆秀珍在午飯後離去，下午，她又來了。

她照例又是大叫大嚷著走進來的，這一次，她還揮著手，道：「有辦法了！蘭花姐，這一次真的有辦法了，一點不假！」

木蘭花不禁笑了起來，道：「如果是真的有辦法了，那自然一點也不會假了！」

穆秀珍瞪著眼，道：「你別向我潑冷水，我和雲四風說過了，他說，他在一個月前，剛從泰國調了一個規模龐大的伐木工程隊到緬甸去。」

「哦？」木蘭花似乎也提起了興趣。

「那伐木工程隊有兩百多人，還有最新型的機械，和四架直升機，兩架運輸機，你猜他們駐紮在什麼地方？」

木蘭花揚了揚眉，道：「紅巴？」

「那倒不是，」穆秀珍說：「但是也不太遠了，離紅巴只有很短的距離，一個叫孟波克的地方。」

「孟波克，」木蘭花立時道：「在紅巴以南，大約九十公里，那也是一個很小的小鎮，為什麼要派那麼龐大的工程隊前去？」

穆秀珍洋洋得意起來，道：「四風說，探測隊勘探的結果，在那地區發現了許多木質特別結實的紅檜樹，極有價值。」

木蘭花站了起來，背負著手，緩緩踱著步。

安妮和穆秀珍兩人互望了一眼，都笑了起來，因為木蘭花背負著手在踱步，那表示她已經開始在考慮這件事情了！而木蘭花只要一開始考慮一件事，便很少肯半途而廢的。

木蘭花足足踱了十分鐘之多，道：「如果是那樣，我可以去看看。」

穆秀珍和安妮兩人一聽，都大吃一驚，道：「蘭花姐，你講錯了吧，應該是我們去看看。」

木蘭花笑道：「你們去看什麼？是不是能找到這座宮殿，希望簡直渺茫之極，還是我一個人前去的好，你們在這裡都有事做！」

穆秀珍和安妮顯然都料不到會有那樣的結果，一時之間，她們都呆住了，出聲不得。

木蘭花拍了拍穆秀珍的肩頭，道：「你還呆坐著幹什麼？」

穆秀珍苦笑道：「那我要幹什麼啊？」

「替我問四風要一張證明書，那工程隊一定是受四風的企業組織所控制的，叫他要派我去擔任這個伐木工程隊的地理顧問。」

穆秀珍扁起了嘴，道：「你夠資格麼？」

「我相信可以應付，而且，我對於各種木材的知識也堪稱豐富，大約是可以稱職的，問題是，四風是不是肯派我去而已。」木蘭花笑著回答。

穆秀珍嘆了一聲，道：「蘭花姐，你……你太自私了！」

木蘭花皺著眉，道：「這是一個長期性的工作，秀珍，我去了之後，只要事情稍有眉目，一定會來叫你們的，你只管放心好了。」

安妮道：「可是我一個人——」

木蘭花道：「你常說，你已不是小孩子！」

木蘭花只說了一句話，安妮便已經無法再說下去了，她只好哼了一聲。

木蘭花道：「走，我這個顧問，總得去見見董事長！」

木蘭花是在第四天早上，飛往仰光的。

一切手續全都辦妥了，雲四風已通知了在緬甸的伐木工程總公司集團，委派了一名地理顧問，去參加孟波克探伐隊的工作。

木蘭花一在仰光下機，就會受到隆重的招待，然後，她將自己駕機到孟波克去，到了孟波克，自然又會有人歡迎她的。

木蘭花的旅程十分順利，在仰光，她逗留了兩天，就駕著飛機向北飛，她必須在密支那補充燃料，才能繼續向前飛行。

當木蘭花在仰光起飛之前，她和那瞎子見了一次面，她告訴那瞎子，聯合國方面音訊全無，現在，她去碰碰運氣。

雖然她一再向那瞎子強調，憑私人的力量，要發現那座宮殿幾乎是不可能的事，但是那瞎子的臉上，還是顯出興奮的神色來。

而在她和那瞎子分手之前，她向那瞎子提出了一個十分重要的問題，她問道：「你是在地道中出世的，那麼，當你出了地道之後，對太陽一定極其敏感的了，是不是那樣？」

「是，」那瞎子回答：「直到現在，我還是不敢直接暴露在陽光之下。」

「那麼，你在逃出達華拉宮的時候，陽光一定對你造成極新奇的感覺了？」

「那簡直是可怕的感覺，像是有火逼近過來一樣。」

木蘭花緩緩地吸了一口氣，道：「行了，那麼你告訴我，你可還記得，你在吃那十七隻老鼠的旅程中，一個固定的時候，你感到陽光在烤炙你的什麼地方？」

「面部。」那瞎子說。

「你肯定是面部？」

「是的，那造成了我極大的驚恐，我至今還記得。」

木蘭花又道：「如果是那樣的話，那麼，你應該是從紅巴的西面來的，你向東走，所以每天早上太陽一升起，便曬到了你的臉。」

那瞎子呆了半晌，道：「應該是那樣。」

木蘭花最後道：「再見，如果我有了頭緒，我會立刻派人來通知你的。」

那瞎子說了很多感謝的話。

木蘭花在駕機飛往密支那的時候，她在想，有了瞎子的那句話，搜索的範圍就可以小得多了，她不必圍著紅巴鎮四面尋找，只消沿紅巴鎮向西，飛行不超過三百哩就可以了。

木蘭花在密支那停了幾小時，當晚直飛孟波克。

孟波克是一個很小的小市鎮，在萬山千嶺之間，有一條清澈的河流，流過鎮旁，飛機場也是伐木隊在河邊的平地上臨時開出來的，不是有著卓越駕駛技巧的人，根本不可能在那樣的地方降落。

伐木隊的活動房屋，就排列在河邊，為了歡迎木蘭花的前來，房屋上全綴滿了電燈，那是伐木隊自己的發電機所發的電。

當木蘭花的飛機降落之後，一個身形高大，滿臉絡腮鬍子的大漢，首先迎了上來，木蘭花跳下機艙，他就迎了上來。

木蘭花和他熱烈地握著手，道：「你一定是溫隊長了？謝謝你對我的歡迎。」

溫隊長豪爽地笑了起來，道：「你是我們隊中唯一的女隊員，我們是真正表示歡迎！」

木蘭花跟著隊長向前走著，一大群伐木工人圍了上來，爭著看木蘭花，每一個人的臉上，都顯出十分好奇的神色來。

他們自然是在奇怪，何以像木蘭花那樣年輕貌美的小姐，會到這種人跡罕至的蠻荒地方來，但是他們也豪爽地表示了他們的歡迎。

木蘭花獨自住一幢小小的活動房屋，自然比不上在家中舒服，但是卻也設備相當好了，然而木蘭花幾乎一晚都沒有睡。

吵得她不能睡的，是各種各樣，大大小小撞到紗窗的昆蟲，那些奇形怪狀的昆蟲的眼睛，在黑暗中閃耀著難看的光芒。

木蘭花直到天亮，才蒙著頭睡著了。

然而，她並沒有睡多久，伐木工人就開工了，各種各樣機械的吵聲、車聲，又使她醒了過來。等到伐木工人全走了，她又睡著了。

木蘭花睡到中午時分才起來，她才走出屋子，就看到溫隊長和工程師坐著吉普車駛了過來，溫隊長向她揮手道：「還過得慣麼？」

「很好，」木蘭花揉著頭髮，「溫隊長，我想你已知道，有一架飛機是供我特別使用的，就是我昨天飛來的那架。」

「自然，我知道。」溫隊長回答。

工程師也道：「我們的工作人員已檢查過這架飛機，一切全很好。」

「謝謝你。」木蘭花笑著回答。

「那麼，要不要先去看看我們的工地？」溫隊長問。

木蘭花萬里迢迢趕了來，自然不是為了看伐木的工地，但是她還是很有興趣地道：「好，我們一起去看看工地，我還未曾見識過！」

「上車來！」溫隊長大聲叫著。

木蘭花跳上了車，吉普車轉了一個彎，衝向一座房屋，溫隊長大聲道：「三份午餐！」

一個中年廚子，捧著三個紙包走了出來，將紙包放在木蘭花的身邊，溫隊長道：「這就是我們的午餐，可以在車上吃，也可以到了工地再吃。」

「是什麼？」木蘭花問。

「好吃極了，將肉攪碎了，和米一起放在竹筒裡蒸，這是泰國、緬甸、越南一帶的人最喜歡吃的，又香又熱，可口之極！」溫隊長說。

木蘭花打開了一隻紙袋，裡面是一個竹筒，果然香味撲鼻，儘管吉普車顛動得極厲害，她還是很快將一筒飯吃完了。

而那時，車也已來到伐木的工地了。

木蘭花首先看到兩輛巨大的伐木聯合操縱機，機器前的電鋸，發出驚人的噪聲，一株又一株巨大的紅檜樹倒了下來。

兩旁的小鋸又將樹幹的枝節鋸去，大段大段的樹木，經過機器的方孔，等到排列在運輸帶上時，已然是整齊的方木了。

大批一大批的方木，由拖曳車拉到河邊，順流放下去，工地上的人並不多，但是卻熱鬧得講每一句話都得提高聲音。

木蘭花在工地上消磨了一個下午。

3 戰爭狂人

第二天早上，木蘭花就駕著飛機出發了。

她飛到紅巴鎮的上空，然後再向前飛，這種小型飛機，本來是不適宜長途飛行的。但是這架飛機，早在木蘭花還未曾到達仰光的時候，便經過特別的改裝，它儲存的燃料，可以供木蘭花飛行得很遠。

木蘭花在飛離紅巴，轉而向西之後，降低了高度，有時，她幾乎是貼著樹梢飛過去的。但是不管是高也好，低也好，她一直飛出了將近兩百哩，向下看去，所看到的，只是莽莽蒼蒼的森林。

她一共看到了七個村子，每一個村子，只不過十來幢竹子建成的屋子，村子大都是在河邊，除了那七個小村子之外，只見森林。

木蘭花飛過了兩個山峰，在那兩個山峰之間，是一個峽谷，有一道湍急的河流，流過峽谷，河流兩旁的地勢倒相當平坦。

木蘭花試著低飛，然後她降落在那個峽谷中。

她出了飛機。用望遠鏡觀察著四周圍的地形，一方面在設想著。

她想，那瞎子的聽覺極其靈敏，那條湍急的河流，河水發出嘩嘩的聲響，可能將徬徨無主的「瞎狼童」吸引到這河流來的，而沿著這條河向前走，的確是可以直通紅巴鎮的。

木蘭花又打開了地圖，那條河向西去，直通到幾百哩之外，木蘭花用的地圖，已經是十分詳細的了，但是也不知道這條河的源頭在哪裡。

木蘭花取出竹筒米來，燃著了一堆篝火，將竹筒放在火中烤著，她享受了一餐又香又熱的飯，然後，她又為自己煮了一杯咖啡。

四周圍靜得出奇，許多美麗的鳥，就在她的身邊跳來跳去，一點也不怕人，簡直就像是身在仙境一樣。

木蘭花用飯粒逗引著那些鳥兒，鳥兒完全繞著她飛來飛去，四周寧靜得如同世外桃源一樣，木蘭花真想在河灘細軟的草地上躺下來好好地睡一覺。

她休息了很久，才向飛機走去，當她走近飛機的時候，她看到河邊的蘆葦叢，突然有好幾簇蘆葦正在劇烈地搖動著。

而這時，清澈的河水，只揚起微微的波浪，絕沒有什麼強風，足以令得那些蘆葦搖動得如此厲害的，木蘭花略呆了一呆，她幾乎立即可以肯定，蘆葦叢中有人！

而木蘭花幾乎也沒有多考慮什麼，她立時向那幾簇蘆葦走了過去。

木蘭花並不怕有人，相反地，她還極希望和當地的土人接觸。因為她現在雖然已肯定了當年那個「瞎狼童」行走的方向，而斷定那座迷失了的古宮是在西面，但是她所知的資料，卻實在太少了。

而這裡的居民，卻是世世代代居住在這裡的，他們多少可以知道一些有關那宮殿的事，和他們接觸，自然是一種很有用的事。

而且，木蘭花也知道，這裡一帶的居民雖然遠離文明世界，但卻是十分純樸和順的，只要和他們打上了交道，他們一定會盡自己所知告訴她的。

所以木蘭花毫不猶豫地向前走去，她一面向前走，一面微笑著，當她漸漸走近的時候，她試用緬北的一種語言，高聲叫道：「請出來，我們是朋友。」

木蘭花自然知道，這一帶，由於交通不便，村落和村落之間幾乎沒有什麼來往，是以每一個村之間的語言，幾乎全是不同的。

但是木蘭花卻希望，自己所叫的話，能被躲在蘆葦叢中的人聽得懂，是以她大聲叫著，向前走去。可是，一直到她來到了離那幾簇蘆葦只有二十來碼遠近處時，蘆葦叢中仍然沒有什麼反應。

當她停下來的那一剎間，她倒也不是覺得事情有什麼可疑之處，她只不過是停下來想一想，如何才能使他們現身，和自己做朋友，如何才能表示自己到這裡來，是一點惡意也沒有的。

可是，就在她剛一停下來之際，她突然聽到了在蘆葦叢中，傳來了「卡」地一聲響，那一下聲響，令得木蘭花吃了一驚！

那是槍栓拉動的聲音！

木蘭花不但可以肯定這一點，而且，她還立時可以辨認得出，那是第二次世界大戰時期，曾被普遍使用的一種古老式步槍所發出來的聲響！

在那一剎間，木蘭花的緊張實在是難以言喻，因為那是完全出乎她意料之外的事情，周圍的環境是如此之平和，簡直和世外桃源一樣，但是她卻聽到了步槍在放射前的聲響！

木蘭花只遲疑了極短的時間，幾乎連十分之一秒也不到。她的身子立時向下伏去，而在她剛一向下伏去之際，槍聲響了！

那「砰」地一下槍響，和子彈劃過時尖銳的呼嘯聲，在那樣寧靜的環境中聽來刺耳之極，所有的鳥兒一起振翅，飛了起來。

木蘭花在剎那間，心中也是疑惑到了極點！

在這種地方，誰會向她射擊呢？

那一下槍響，射出的子彈，就在木蘭花身上不遠處掠了過去，若不是木蘭花及時伏下身子的話，她一定已被那顆子彈射中了！

木蘭花幾乎立時便決定，她要假裝中了槍。

她只有假裝中了槍，才能使躲在蘆葦叢中向她發冷槍的人走出來，是以她身子半滾了滾，便伏在地下，一動也不動。

當她伏在地上的時候，她一面以耳貼地，傾聽著動靜，一面半睜著眼，向前望去，她等了不到半分鐘，便聽到了一種很沉重的步聲。

接著，她看到，在三簇相距很近的蘆葦叢中，各自走出一個人來，當那三個人漸漸接近她的時候，木蘭花驚訝地幾乎叫了出來！

陽光很明媚，視野也很遠，木蘭花自知，是絕不會將眼前發生的任何情形看錯的，可是當她看清那三個向她走來的人時，她仍然懷疑，那是自己的錯覺！因為那是三個現在已不可能存在的人！

那是三個穿著制服的日本皇軍！

一點也不錯，那是三個日本軍人，走在最前面的那個，手中持著步槍，剛才的那一槍，可能就是他發射的，他像是一個軍官。

還有兩個日軍，跟在那軍官的後面。

那軍官還穿著一雙十分殘舊的皮靴，是以他的腳步聲聽來十分沉重，他們三個人身上的軍服都殘舊不堪，皮帶上全是裂縫。

木蘭花像是感到時光忽然向後倒退了二十幾年一樣！

木蘭花的心中儘管奇怪，可是她仍然伏著不動，向她走來的三個人，手中全有步槍，他們剛才已發射一槍，如果他們發現她並未受傷的話，他們自然會毫不猶豫地發射第二槍，所以木蘭花引他們走到近前來，才設法對付他們。

那三個日軍在走向前之際，態度十分謹慎，但是當他們漸漸接近木蘭花的時候，由於木蘭花一直伏著不動，他們開始鬆懈起來。

其中一個日軍道：「大佐，你已經射死了她！」

木蘭花精通日語，她聽出那名日軍的口音中，帶著濃厚的九州口音，莫非，木蘭花心中的好奇心更甚了，因為她聽得那日軍稱呼那軍官為「大佐」，大佐在日軍中是一個很高的官銜了！

那大佐低聲喝了一句，道：「不要你多說，你們過去，看她駕來的那架飛機！」

那兩個日軍答應了一聲，將步槍掛上肩上，出步向前，奔了過去，當他們在木蘭花的身邊奔過的時候，木蘭花仍然伏著不動。

但是木蘭花已注意到，那兩個日軍腳上所穿的，卻全是草鞋，當那兩個日軍向前奔去之際，木蘭花看到大佐仍然在向她走來。

只有大佐一個人，那更容易對付了！

木蘭花仍然一動不動地伏著，等那大佐來到了她的身前，突然伸腳向她踢來。

大佐顯然是想將木蘭花踢得翻轉身來，看看她究竟是死了，還是只受了傷！

可是木蘭花的動作，卻快捷得無與倫比，大佐的腳才揚起來，木蘭花的右手也已揚起，托住了大佐的皮靴，用力向上一抬。

大佐的身子立時站立不穩，他發出了一聲怪叫，身子仰後便倒，木蘭花已一躍而起，不等大佐有機會站起來，她一腳已踢向大佐的頭際。

那一腳，將大佐踢得打了兩個滾，他怒吼著，跳了起來，這時，那兩個奔向飛機的日軍，還未曾奔到，聽到了聲響，也一起轉頭奔了回來。

那大佐一站了起來之後，橫起手中的步槍，便向木蘭花掃了過來，木蘭花雙手抓住了槍桿，用力一揮，將那大佐揮得一個踉蹌。

然後，她刁住了大佐的手腕，身子一矮一挺，已將那大佐整個人都翻了起來，重重仆跌在地上。

木蘭花所用的，全是第一流高超的柔道手法，那大佐在地上一個翻滾，又跳了起來，可是木蘭花一腳踢向他的手腕。

那一腳，令得大佐又發出了一下怪叫聲來，鬆開了手中的步槍，木蘭花不等他有機會反攻，便一屈手背，手肘撞在他的頭頂上。

那一連串的進攻，快得出奇，大佐的頭頂上，被木蘭花的手肘重重撞了一下，他已處在半昏迷狀態之中了，木蘭花抓住了他身上的皮帶，將他直提了起來，摸出他身邊的一把匕首，抵在他的脅下，又扭轉了他的手背，使他難以掙扎。

那兩個向前奔來的日軍，一看到這種情形，全都呆呆地站立著，木蘭花喝道：「放下你們手中的槍，照我的命令去做。」

那兩個日軍猶豫著，木蘭花又大喝一聲，道：「快放下槍！」

被木蘭花制住的大佐，這時也清醒了起來，他卻發出了狼嗥，叫道：「射擊！射擊！你們難道不是軍人麼？」

那兩個日軍臉上顯出十分尷尬的神情來，木蘭花看到他們那樣情形，還當他們是為了怕犧牲他們的長官，所以才感到為難。

可是接下來，那兩個日軍所說的話，卻令得木蘭花忍不住大聲笑了起來，那兩個日軍道：「大佐，我們是軍人，可是我們早已沒有了子彈！」

在木蘭花的大笑聲中，大佐怒吼著道：「你們洩露了軍事秘密，應該處死！」

大佐那樣地吼叫著，在木蘭花聽來更覺得好笑，可是那兩個日軍卻十分害怕，立時變得神色蒼白，身子也發起抖來。

木蘭花停止了笑聲，大聲喝道：「好了，你們三個人究竟是在玩什麼把戲？是在演話劇麼？」

木蘭花一面說，一面用力一推，將大佐推得向前跌出了幾步，仆倒在地上，大佐立時站了起來，厲聲道：「我們是在為神聖的天皇而戰！」

木蘭花望著那大佐，他的年紀已經很不輕了，大約已超過了五十歲，他的神情十分莊嚴，但是聽得他那樣說，木蘭花又忍不住笑了起來。

木蘭花自然已可以知道，那是怎麼一回事了。

這位大佐，以及那兩個日軍，自然是真正的日本軍人，他們一定是當年日軍大舉南進時軍隊中的成員，一直留在這裡。

而由於這裡和外界幾乎沒有任何接觸，是以他們也根本不知道外面發生了什麼事。像這樣的日本軍人，在南洋各地，在馬來西亞的叢林中，都曾經發現過，倒也不是什麼新奇的事了。

木蘭花一面笑著，一面說道：「你們總共多少人？」

大佐瞪視著木蘭花，他仍然充滿了敵意。

木蘭花笑著道：「大佐，你難道不奇怪，何以二十多年了，你未曾接到新的命令，何以你的上級不和你作任何聯絡？」

大佐「哼」地一聲，道：「我是奉命獨立行動！」

木蘭花嘆了一聲，道：「戰爭早已過去了！」

大佐顯出了極高興的神色來，高聲叫道：「天皇萬歲，我們終於戰勝了！天皇的軍隊已佔領了整個世界，對不對？」

他一面說著，一面甚至手舞足蹈起來。

木蘭花望著他，心中覺得他可憐，又覺得他可笑，她道：「和你想像的恰好相反，日本徹底戰敗了，那是一九四五年的事。」

大佐怒道：「胡說，皇軍是不敗的。」

木蘭花道：「戰敗了！但是經過二十多年的努力，日本現在倒又開始復興了，我也不想和你多說，我可以帶你們離開這裡——」

木蘭花的話還未曾講完，大佐已怒道：「你想引誘一個軍官離開他的崗位，你一定是敵方派來的間諜，我要審問你。」

木蘭花笑了起來，道：「大佐，你憑什麼審問我啊？憑三支步槍，其中有兩支是早已沒有了子彈的，你的那支步槍是不是還有子彈，都大有疑問啦！」

大佐的神情，多少有點尷尬，那兩個日軍中的一個忽然道：「大佐，或者她講的話是對的，何以我們那麼久沒有接到任何命令？」

「胡說！胡說！」大佐狠狠地頓著腳。

木蘭花笑著，搖了搖頭，戰爭造成了各種各樣的狂人，大佐自然是形形式式的戰爭狂人之一。

木蘭花道：「你不願意跟我去，那也由你，但是你不妨到離這裡不遠的紅巴鎮去走一趟，到了那裡之後，你就可以知道世界上現在的情形是怎樣的了！」

大佐以莊嚴的聲音道：「我不能離開崗位。」

木蘭花向那兩個日軍望去，大佐極其敏感，道：「他們也不能！」

木蘭花攤了攤手，道：「隨便你們，我想，你們早已沒有什麼收音機設備了，是不是？我可以送一具收音機給你們。」

大佐立時現出十分高興的神氣來，道：「那太好了，我們的通訊工具損壞了，由於沒有新的配件，是以不能使用。」

木蘭花緩緩地向後退開去，她在退到了大佐的那把步槍旁邊時，一腳將那支步槍踢到了河中，然後她道：「你們中任何一人跟我來取收音機。」

大佐立時向前走來，木蘭花的心中仍然未曾放鬆提防。

雖然她心中對這三個日軍覺得十分可憐，他們一生中的一大半光陰，就那樣糊里糊塗地過去了，他們停頓了二十多年，他們就算離去，是不是能適應現代社會的生活，還真有疑問！

木蘭花來到了飛機旁，她命令大佐站在離飛機十來碼處，然後，她迅速地上了飛機，取了一具收音機，下了飛機，將收音機交給大佐。

當大佐將那具收音機接在手中時，他的臉上現出極其驚訝的神色來，扭動著，傾聽著，木蘭花道：「這是貴國最近的出品。」

大佐有點迷惑地抬起頭來，道：「這……太令人難以相信了，我，宮木大佐，第七通信兵團的副司令，竟然會不明白這具收音機的結構。」

木蘭花冷冷地道：「你不明白的事情太多了，宮木先生，因為你在叢林中度過了二十多年，你可以費一些時間去瞭解這一切的。」

木蘭花知道，她暫時是不容易使得宮木相信世界時勢已經起了那麼大的變化的，她希望宮木在有了這具收音機之後，慢慢改變他的看法。

而她也不準備向宮木多說什麼，她不能在這裡耽擱得太久，她必須回去了，她在這裡浪費的時間，已經太多了！

當她又登上飛機的時候，宮木仍然在撥弄著那具收音機，而那兩個日軍也已來到了宮木的身前，一個日軍道：「大佐，如果戰爭早已結束，我們以前發現的那些珍寶，不是可以使我們成為富翁了麼？」

宮木一瞪眼，叱道：「胡說，我們應該呈報上去！」

另一個日軍道：「如果我們戰敗，軍本部也早已不存在了，我們向誰呈報？大佐，那應該是屬於我們的，我看從來也不曾有人知道，在叢林之中，會有一座那樣宏偉的宮殿存在——」

當他們開始談話，提及「珍寶」的時候，木蘭花的心中已經陡地一動，因為在叢林之中，是不可能有什麼珍寶的，除非有一處特別的地方。

接著，她又聽得那日軍講出了「宏偉的宮殿」時，木蘭花的心中不禁一陣人喜，她實在想不到，自己竟有那樣的好運氣！

宮木和他的兩個士兵，在叢林中生活了二十多年，他們的活動範圍不出叢林之外，那麼，他們自然有可能早已發現了那座宮殿！

她一聽得那日軍這樣說，連忙轉過身來，問道：「你們在叢林中，發現了一座宮殿？」

宮木瞪大著眼，望著那日軍，看他的樣子，本來像是要狠狠叱責那日軍的，可是木蘭花一說了那句話，他們三人立即互望了一眼，宮木卻不再出聲了。

過了片刻，才聽得宮木道：「你在說什麼？宮殿，什麼宮殿？我們從來也沒有聽說過。」

木蘭花的心中，又是好氣，又是好笑，她道：「一座宏偉的宮殿，在叢林中，那可能是八百年以前的建築，裡面有不少珍寶，我就是為這座宮殿而來的，你們已經發現了它，是不是？」

宮木和那兩個日軍的神情，登時變得十分緊張，那兩個日軍向後退了兩步，宮木道：「我不知道你在講些什麼，這裡沒有宮殿！」

木蘭花從機艙上跳了下來，她用十分誠懇的聲音道：「聽著，你們對我講實話，那是有好處的，要知道，戰爭雖然已過去了很久，但是你們現在仍然是軍人的身分，你們一定會成為所在國的囚犯，除非有特殊的理由，使所在國赦免你們！」

宮木冷冷地道：「我們要繼續作戰，流到最後一滴血。」

木蘭花的涵養功夫真是到家，換了任何人，對於那樣冥頑不靈的人，都不免要怒氣沖天的了，但是木蘭花卻道：「宮木先生，只要得到當地政府的赦免，你們仍可以恢復平民的身分，你們發現的寶藏，一定十分驚人，只要所在國政府給極小部分，作為你們的酬勞，你們就可以回國去安享餘年了！」

宮木仍然搖著頭，道：「我完全不明白你在說什麼。」

木蘭花轉過頭去，望著剛才在話中提及「那座宮殿」的那個日軍，道：「你呢？難道你也不明白我在說什麼？」

那日軍嘴唇動著，看來他想說什麼。

可是，當他望了宮木一眼之後，他的臉上現出了駭然的神色來，囁嚅說了一句，道：「我……我也不知道你在說什麼。」

木蘭花冷笑了一聲，她知道，日本軍人的服從性，使那兩個日軍對於宮木的決定，不敢作絲毫的違抗。

而木蘭花自然不肯放棄那樣千載難逢的機會，因為在眼前的情形下，只要他們三個人中的任何一個肯帶路，那麼她今天就可以看到那座宮殿了！

她也知道，只要令宮木大佐的權威消失，她就可以不用費什麼事，在那兩個日軍的口中探出實在情形來的。

木蘭花一面冷笑著，一面望著宮木，道：「你要是不讓他們說，那你是自討苦吃！」

宮木突然大叫一聲，揚起左手，身子向前撲了過來。

然而，還不等他撲到身前，木蘭花已經倏地掣出了她的麻醉槍來。

木蘭花特製的麻醉槍，在外形上看來，和普通的手槍是完全一樣的，宮木一看到木蘭花掣槍在手，他便陡地呆了一呆。

就在那一呆間，木蘭花已扳動了槍掣。

「嗤」地一聲響，一支麻醉針射在宮木的胸前，宮木低頭看了看，他看到自己的胸前插著一枚針，然而，他卻還不知道究竟發生了什麼事。

他在低頭一看之後，又抬起了頭來。

就在他抬起頭來的那一剎間，他的身子一晃，砰地一聲，跌倒在地上。

那兩個日軍瞪大了眼，根本不明白發生了什麼事。

木蘭花將手中的麻醉槍輕輕向上一拋，又接在手中，對那兩個日軍說道：「你們兩人，叫什麼名字？」

那兩個日軍一起指著宮木大佐，道：「他……他……」

木蘭花臉色一沉，道：「不必理會他，我問你們，叫什麼名字！」

木蘭花沉聲一呼喝，那兩個日軍便一起站直了身子，報出了自己的名字來，一個道：「小澤吉源！」

另一個道：「太倉一郎。」

木蘭花望了他們片刻，叫著他們的名字，道：「戰爭早已過去了，你們的家人，你們的國家，再也不是只能在夢中想想，而且可以實際接觸的！」

太倉和小澤兩人，都不由自主嘆了一聲。

木蘭花又道：「而且，照我剛才所說的話去做，你們的下半世還可以生活得十分好，我要找那座宮殿，絕不是為了宮殿中的珍寶，而是另有目的，你們兩人，有誰不願意帶我去的，宮木大佐就是榜樣！」

小澤和太倉兩人又向宮木望了一眼，滿面驚恐，齊聲道：「願意，願意。」

木蘭花緩緩地呼出了一口氣，事情總算是十分順利，她才開始第一天搜索，就已經知道那座宮殿的所在了，她又道：「那我們現在就出發。」

小澤猶疑著道：「可是，那宮殿離這裡很遠，從我們駐紮的地方開始，也得走上兩天才能夠到達，你……能在叢林中走動？」

「當然可以！」木蘭花回答。

但是，如果要兩天的時間才能到達，來回就得要四五天的時間，她自然需要和孟波克的伐木隊聯絡一下，免得那裡以為她失了蹤。

她吩咐小澤和太倉等著，她登上了飛機，用無線電和孟波克聯絡，告訴孟波克機場上的人員，她會在五天後回來。

然後，她和小澤、太倉一起砍下了許多樹枝，蓋在飛機上，又命小澤和太倉抬著宮木，他們一起循著河向前走去。

他們走出了里許，早已進入叢林之中，有一幅小小的空地，空地長滿了竹子，在一根竹竿上，還飄著一面日本旗。

在竹叢中，有兩間竹子搭成的屋子，小澤和太倉將宮木抬進了屋子，將他放在一張竹榻上，轉過頭來道：「小姐，大佐死了麼？」

「沒有，但他會昏迷十二小時。」

小澤和太倉兩人，還是向宮木行了一個敬禮，口中喃喃有聲，也不知他們在說些什麼，那自然是他們服從宮木的命令，實在太久了，是以對獨立自主的行動，多少有幾分恐懼之故。

當他們離開那片竹林的時候，日頭已經偏西了，木蘭花看著手錶，是下午四點鐘，他們一直向叢林之中進發著。

小澤和太倉兩人，毫無疑問地表現出，他們是叢林生活的專家，他們幾乎熟悉著這片叢林中的每一吋土地，木蘭花可以絕不擔心地跟在他們後面走著，哪裡有水蛭，哪裡看來是平地，但其實是充滿了吸血水蛭的泥沼，哪裡一棵樹是空心的，裡面有一窩毒蛇，他們兩人都早已知道，提醒著木蘭花。

而木蘭花也趁這個機會。將第二次世界大戰結束之後的那種情形，大致上講給他們聽。

當小澤和太倉聽到那一切變化時，從他們臉上的神情看來，他們就像是聽著發生在別的星球上的事情一樣。他們一面說，一面走著，也全然不覺寂寞。

天色漸漸黑了下來，木蘭花攜帶的強力電筒，也根本派不上用場，因為小澤和太倉在天還未完全黑下來時，便一路在搜集著一種飽含樹脂的樹枝，天一黑，燃起那種樹枝來。發出的光芒十分強烈，而且，從樹枝上冒出來的濃煙，還可以驅逐蚊蚋。

他們一直在向前走著，直到凌晨三時，小澤和太倉才停了下來。

這時候，在他們的四周圍，全是黑壓壓的一片叢林，簡直如同在鬼域一樣，一停了下來，就有一股陰森的氣氛逼人而來。

木蘭花看到他們兩人停了下來，就問道：「可是要休息一下？」

太倉道：「我們得攀上樹去，這一帶的叢林之中，在天快亮時，有一種有毒的霧，自地面升起，我們幾個兄弟，都是那樣死的。」

木蘭花點了點頭，在那樣熱帶地區的原始森林中，毒瘴是最普通的，也是最凶厲的殺人凶手，他們自然不能冒著毒瘴的威脅趕路。

小澤和太倉高舉著火把，四面照著，不一會，就在不遠處，發現了一棵大榕樹。

那棵大榕樹，足有四五人合抱粗細，兩三丈高，他們三人一起攀了上去，樹上樹枝盤扎處，不但可以坐，還可以躺下來。

木蘭花道：「這裡倒不錯，我們索性在樹上睡一覺，到明天日出了再走。」

小澤和太倉已呵欠連連，可是他們在躺了下來之後，仍和木蘭花說了許多有關日本國內的事情，然後才沉沉睡去。

木蘭花在離他們相當遠的地方躺了下來，她也覺得十分疲倦了，而且，她深信小澤和太倉兩人是不會害她的，是以她也睡著了。

4 廢宮珍寶

當她醒來的時候，陽光透過濃密的樹葉，成為一條一條細小的光柱，射在她的身上，她翻身坐了起來，只見小澤和太倉還在睡。

她向下望去，地面上升起的一種異樣的乳白色的濃霧，正在迅速地散去，木蘭花叫醒了小澤和太倉，他們等濃霧散盡之後，才爬下樹來。

他們拾了一大堆枯枝，生起火來，木蘭花將僅有的三個竹筒飯分給小澤和太倉，兩人在吃著那竹筒中的飯時，滿臉都是感激之色。

他們再向前去，自然再也沒有飯吃了，他們只能吃小澤和太倉帶來的一種用薯粉製成的餅，和他們臨時製成的一種肉乾。

吃飽了之後，他們三個又向前去。

再向前去，幾乎已沒有途徑了，小澤和太倉用他們自竹屋中帶出來的日本軍刀，開著路。

這許多年來，他們的子彈早已用盡了，但是他們的軍刀卻是日日打磨，磨得十分鋒利，手背粗的籐，一刀削過去，就立時削斷，開出一條路來。

木蘭花看到這樣的情形，不禁皺著眉，道：「你們上次到那宮殿，是什麼時候的事情？」

「我們每兩個月都要到那宮殿去察看一次，大佐說，我們發現了那麼多珍藏，一等到軍部有人來聯絡，我們舉報上去，就可以得到嘉獎的。」

木蘭花雙眉蹙得更緊，道：「你們經常來往的地方，何以竟連一條通道也沒有？」

小澤道：「這些野籐長得太快了，別說已隔了一個多月，就算是我們在回程時，野籐也早已又佔據了道路，一樣要用刀將它們砍斷的。」

木蘭花點了點頭，她的心中仍多少有點疑惑。是以她道：「你們到那宮殿去，已不止一次，你們是憑什麼認路的？」

太倉咧著嘴笑了起來，道：「我們在樹幹上做了記號，第一次，我們迷了路，一來一回，足足走了一個多月，後來，我們找到了一條捷徑，在路途的樹上做下記號，就不怕迷途了，看，這個箭嘴是我刻上去的，已經有好幾年了！」

太倉一面說，一面向前指了一指。

木蘭花循他所指看去，只見一株粗大的樹身上，有一個箭嘴，在那箭嘴之旁，已生出了好幾個樹節來。

木蘭花心中動了一動，道：「如果破壞了這些記號，對於我們的歸途，是不是會有影響？」

小澤和太倉兩人呆了一呆，像是不知道木蘭花那樣說法是什麼意思。

木蘭花補充道：「宮木會在十二小時之後醒來——」

木蘭花只講了一句，小澤和太倉兩人的神色就變得很難看，太倉道：「你的意思是……想阻止大佐來宮殿找我們？」

木蘭花點頭道：「是的，我們不必怕他，但如果他來了，一定會阻礙我們，所以，可以使他不要來，那是最好的辦法了。」

小澤搖了搖頭，道：「那只怕不能，大佐曾花了好幾年的工夫，繪製這一帶的詳細地圖，他對這一帶的地形，比我們熟悉得多！」

小澤的神情多少有點慌張。但是太倉卻更加害怕，他的聲音甚至在發著抖，他道：「如果……大佐追上來……那我們就糟糕了！」

木蘭花只感到好笑，道：「怕什麼！我早已對你們說過，戰爭結束了，他對你們已沒有任何約束力了！」

太倉苦笑著，道：「可是……可是大佐是一個十分固執的人，他若是發起怒來，是不顧一切的，我們並沒有武器，而他——」

木蘭花道：「他的槍中也沒有子彈啊！」

太倉嘆了一聲，道：「他雖然沒有子彈了，可是他還一直保留著四枚手榴彈！」

聽得太倉說宮木還藏著四枚手榴彈，她登時覺得事情絕不可笑了！

對於小澤和太倉的恐懼，木蘭花一直覺得十分好笑。可是這時，木蘭花在事情非但不可笑，而且還極其危險！

宮木大佐的心理，肯定極其不正常，他不相信戰爭已經結束，更不肯接受日本早已戰敗的事實，他可以說是一個狂人！而四枚手榴彈，在一個狂人的手中，那是何等危險的一件事。

木蘭花呆了片刻，才說道：「你們為什麼早不說？」

太倉苦著臉道：「我們不知道大佐還會醒過來，我們以為他已經死了！」

木蘭花翻起手腕來，看了看錶。現在，已經是上午十一時了。從宮木中了麻醉針起，到現在，已將近二十小時了。也就是說，在八小時之前，宮木已經醒了過來！

只要宮木不是傻子，他一醒來，發先自己身在竹屋之中，而小澤和太倉兩人又不知所蹤，他一定可以知道發生了什麼事情的。那麼，他一定會帶著那四枚手榴彈來追趕的。

關於宮木大佐會來追趕，這一點，木蘭花是早已想到了的，可是她卻一直未將之放在心上。第一，時間相隔了十二小時，宮木未必追得上他們，第二，他們三個人，宮木只是一個人，就算給他追上了，也不必忌憚。

但是，現在情形卻不同了！

宮木有著四枚手榴彈！

木蘭花停了下來，緊蹙著眉，一聲不出。

小澤和太倉兩人更是哭喪著臉，一籌莫展，他們不斷互望著，又忍不住問道：「我們應該怎麼辦？還是回去請求他原諒吧！」

木蘭花瞪了他們一眼，道：「胡說，我們比他早走了許多時候，他未必追得上我們，就算追上了，我也有辦法可以應付。」

小澤和太倉兩人，望著木蘭花。

他們自然不會知道木蘭花是如何智勇雙全的人，他們只不過看到木蘭花制勝宮木，和令得宮木昏迷不醒而已，對於木蘭花的話，他們顯然沒有多大的信心。

木蘭花自然也看出了他們的心意，她面色一沉，道：「你們不必三心兩意，除了聽我的吩咐之外，你們絕不可能有第二條路走的！」

小澤和太倉兩人，吞著口水道：「是！」

木蘭花聽得出，他們雖然在答應著「是」，但是那實在十分勉強，木蘭花又沉聲道：「快走，我們早一刻到那座宮殿，就會安全得多！」

小澤和太倉揮動著軍刀，削砍野籐，又繼續向前走去，從那一刻起，他們兩人變得十分沉默，那自然是因為他們的心頭很沉重之故。

木蘭花仍然對他們說著話，但是他們兩人卻也像是提不起勁來。木蘭花的心中，也不禁生出了一重隱憂來。

木蘭花知道，小澤和太倉對於宮木的恐懼，是多少年來造成的，這種恐懼，決不是一朝一夕之間所能消除的。現在宮木並未出現，是以他們還能聽從自己的話，如果宮木一出現的話，情形將會如何，實在是難以預料得很了！

那一天，他們一直循著樹身上的記號，向前走著，當他們涉過了一條河水清澈的小河之後，天色已經漸漸地黑下來了。

木蘭花命令繼續趕路，一直到了午夜時分，眼看露水已經漸漸凝聚，再過上片刻，有毒的濃霧就要來了，他們才又爬上了大樹。

小澤和太倉兩人靠在一起，木蘭花幾次和他們說話，他們都只是吃著肉乾，不願意出聲。

木蘭花在吃了些乾糧之後，才道：「你們猜猜看，我到那座宮殿去，是為了尋找什麼？」

這一句話，倒多少引起了小澤和太倉兩人的興趣來，他們一起眨著眼，向木蘭花望來。

木蘭花道：「你們到那宮殿，一共去了多少次？」

小澤道：「有十多次了。」

「你們自然走遍了整座宮殿？」

「不能那麼說，宮殿裡有很多地方已經倒坍了，且有更多的地方，全都盤滿了樹根和野籐，根本不是宮殿，但是，可以到過的地方，我們全都到過了。」

木蘭花又問道：「你們是在哪裡發現珍寶？」

小澤和太倉兩人搶著道：「是在一間很大的房間中，有一張石板鑿成的大榻，石板破裂了，在石板下，分著許多小格，全是各種寶石和黃金。」

木蘭花點了點頭，道：「你們沒有發現那座宮殿中有地道？」

「地道？」小澤和太倉兩人互相望了一眼，「沒有。」

木蘭花緩緩地道：「那是你們未曾仔細地去找尋，那宮殿中非但有地道，而且地道中，還有人居住著！」

小澤和太倉兩人聽了之後，先是呆了一呆，然後，帶著傻氣地笑了起來，道：「你在開玩笑了，小姐，大佐說，這座宮殿隱沒在森林中，已有幾百年了，我們的發現，是個十分偉大的發現，那是歷史的遺跡，是很有價值的！」

木蘭花自然無法向他們詳細解釋在那座宮殿的地道中，數百年來，一直有人居住著，而住在地道中的人，生命雖然不斷延續著，但是卻生活得和老鼠差不多！她只是道：「我有相當的根據，證明那宮殿中有人，他們和外界也隔絕了幾百年！」

小澤和太倉顯出了十分驚異的神色來，他們比較熱烈了一些，討論著這件事，然後，他們因為過度疲勞而睡著了。

木蘭花向樹下看去，地面上的霧已經越來越濃，她打了一個呵欠，倚著樹幹，也睡著了。

整整一天，在叢林中跋涉前進，那種疲勞，若不是身歷其境，是難以體會萬一的，木蘭花一會兒就已經睡著了。

也正因為她實在太疲勞了，是以她一睡著之後，就睡得十分沉，等到她的雙眼感到有點刺痛，而睜開眼來時，天色已經大明了！

陽光射下來，射在她的臉上，是以才令她的雙眼有了刺痛的感覺，看到太陽已升得很高了，她不免吃了一驚。

而當她向前看去時，她更是呆了一呆。

小澤和太倉兩個人已不在了！

木蘭花一縱身，自樹上跳了下來，叫道：「小澤！太倉！你們在那裡？」

可是，她一連高叫了七八聲，都一點反應也沒有！

木蘭花在樹旁呆立著，她又抬頭向樹上望去，發現不但小澤和太倉兩人不見了，連他們帶來的乾糧、水壺，也一起消失了！

事情實在沒有什麼奧秘，那一定是小澤和太倉兩人背著她逃走了！

木蘭花已經料到可能有這樣情形出現的，是以她不再叫喚，迅速地鎮定下來。

木蘭花並不是一個喜歡追悔過失，自怨自艾的人，她在遭受到挫折之後，第一件想到的事便是如何應付目前的環境。

她想著自己目前處境，她想到，小澤和太倉離開了自己，不可能是向宮殿去，他們一定是回去向宮木認錯去了！那也就是說，她必須一個人繼續前去，尋找那座宮殿，還得對付三個人的追蹤。

困難當然增加了，但是木蘭花卻笑了起來，因為那也未必難得倒她，她已經知道，在通往那宮殿的路道上，樹身上都做有記號。

而且，計算起路程來，她離那座宮殿一定不會很遠了，說不定在今天，就可以到達。

她的身邊有不少小而實用的武器，打些小野獸來充飢，是不致有問題的。至於食水，更不成問題，因為一路上，都有清澈的小河，唯一的麻煩就是，當她到了那座宮殿之後，宮本就可能接踵而來！

木蘭花並沒有花多少時間，目前的這一點困難，當然難不倒她。她立時辨明了方向，繼續向前走著，不一會。她就在樹身上發現了記號。

這證明她前進的方向並沒有錯，她一直向前走著，直到中午時分，她來到了一條小河邊上，掬河水解渴，又生著了一堆火。

這條小河中有很多肥美的魚，木蘭花只用一根樹枝，便又起了好幾條尺許來長的魚兒來，放在火堆上烤熟了作午餐。

木蘭花休息了並不多久，當她再度前進的時候，她發現前面的地勢相當高，她翻過了一個小小的山崗，在山崗頂上，她又找到了那箭號。

木蘭花在行囊中取出了一具小型的望遠鏡來，向前望去。

照她的估計，她離那座被湮沒了數百年之久的達華拉宮，已不會很遠了，可是她向前看去，卻只看到一個又一個的山崗。

在那些山崗上和山崗下，全是濃密之極的森林，除此之外，什麼也看不到。

木蘭花下了山崗，翻過了很多大石，當她來到山崗腳下的時候，她心頭不禁「怦怦」跳了起來。

她看到了兩段圓柱形的大石！

那兩段大石，每一段足有一人合抱粗細，七八尺高，一段直豎著，在右邊的大石旁，長著一株老大的榕樹，榕樹的根交織成為一張網，將那段大石全包在根內。而另一段大石橫亙著，木蘭花連忙向那兩段大石奔了過去。

毫無疑問，那兩段大石，絕不是天然生成，而是人工鑿成的！

木蘭花的心中又是一陣高興，她已發現了兩段人工鑿成的大石柱，那麼，她現在所站的地方，離達華拉宮絕不會很遠了！

木蘭花抬頭向前望去，當她望向前面的時候，她心頭的高興又漸漸淡了下來，因為前面並沒有什麼豪華的宮殿。

在她前面，是一片濃密的森林，森林之後，是一座山頭，那山頭上也全是樹木。木蘭花俯下身來，細細審視著那兩根石柱。

她隨即發現，那石柱上還有著浮雕，不過因為年代實在太久遠了，是以浮雕被腐蝕得幾乎難以分辨得出來了。

這一個發現，更堅定了木蘭花的信心，木蘭花又向前走去，她穿過了那片約有兩白碼的叢林，在將到那座小山頭前，她看到地上插著一面日本旗。

而當她抬起頭來，望向那山頭之際，她看到那山頭有一個很大的山洞，再接著，木蘭花不由自主發出了一下呼叫聲來！

木蘭花絕不是什麼大驚小怪的人，但是她卻還是不自覺地叫了起來，因為這時看到的情形，實在太令她驚訝了！

直到來到了近前，木蘭花才看出，在她面前的，不是一座山頭，就是她要尋找的那座宮殿！

那座宮殿，全是用巨大的石塊砌成的，幾乎在所有的石縫中，都有樹和籐伸出來，濃密的樹木，將整座宮殿都包了起來。

在那樣的情形下，使得整座宮殿，看來就如同是一座小山頭一樣，而那個山洞，也絕不是什麼山洞，就是那座宮殿的正門。

木蘭花幾乎立即可以想到，當宮木他們都來到這裡的時候，他們也決不可能知道那是一座宮殿，他們一定是因為好奇，想走進「山洞」去看看，是以才發現了那是一座宏偉的宮殿的！

木蘭花向前奔了出去，她來到了宮殿的大門口。宮殿的兩邊，是兩根大石柱，但是幾百年來，榕樹的根已將那根大石柱破壞得很甚了。

整個大門，本來幾乎是全被樹根和野籐封住的，但現在則有不少樹根被斬斷，有一個相當大的通道，可以供人出入。

木蘭花在門口站立了片刻，深深地吸了一口氣，懷著一種莊嚴的心情，向內走了進去，她才走了幾步，便已無法再前進了。

在她的面前，是一株足有四五人合抱的大榕樹。

木蘭花繞過了那榕樹的主幹，在一個隙縫中擠了進去，在她面前，是十幾級石階，她抬頭向上看去，看到了一個極其寬宏的大堂。

那大堂的四周圍全是石柱，但那些石柱，也大都東倒西歪，大堂的地面上，盤滿了一種滿是尖刺的野籐，幾乎連插足的地方也沒有。

木蘭花小心翼翼地向前走去，好幾次，她的鞋底踏斷了野籐上的尖刺，自野籐之內流出了一種濃稠的乳白色液汁來。

那種液汁，有著一股濃烈的辛辣氣味，聞到了之後，使人有昏眩的感覺，而在野籐之上，還有著不少野獸的骸骨。

木蘭花的心中也不禁駭然，從那種情形看來，可想而知，那全是中了野籐的毒而死的野獸了，那是一種含有劇毒的野籐！

木蘭花走得更小心，她貼著牆，拉著樹枝，使身子盪向前去，過了好久，她才來到了一塊鼓起的方形的大石之上。

那塊大石，在大堂的內端，看來好像是王座。

直到站到了那塊大石上，木蘭花才有機會來端詳整個大堂，那當真是宏偉之極的建築，雖然是如今那樣的情形下，仍然使人讚嘆。

整個大堂足有一百尺見方，它的頂部已坍陷了一大半，透過濃密交織的樹枝和樹葉，可以看出被剖成一小片一小片的天空。

可以看出，整個大殿原來有一個穹形的頂，那是不依靠柱子而支撐的屋頂，可知建造這座宮殿的緬北民族，當時已有了高度的文化。

在大殿的四周圍，則全是一根根兩人合抱粗細的大柱，柱上的雕刻還很完整，有人有獸，線條古樸渾厚，全是精美的藝術品。

木蘭花看了好一會，才轉身向一扇門中走了出去。

她走出了那扇門，眼前便是一大片倒塌了的石牆，那是一大片空地。

空地中原來有些什麼，已經全然不可辨認了，因為早已長滿了樹，木蘭花一面向前走去，一面得小心的提防許多盤據在樹上的大蛇。

幸而那些大蛇的動作都很遲緩，而且也不對人攻擊，儘管許多大蛇向著木蘭花蛇舌亂吐，但是卻並不向前移動。

木蘭花已將麻醉槍握在手中。

當她穿過了那片空地之後，眼前是兩排伸延出去的宮殿，像是一頭碩大無朋的巨鳥，伸展著雙翅一樣，那兩排宮殿的走廊，全是大石柱。

然而現在，大石柱完整的，已十不得一，榕樹從每一個可以生長的隙縫中生出來，兩人合抱的大柱，全被那種生長迅速，生命力堅強的熱帶樹木擠得東倒西歪，跌在地上。

有的石柱在倒地的時候，可能還恰好壓著剛生長出來的樹枝，但是幾百年過去了，樹枝卻又反過來將石塊緊緊包住，形成了奇景。

木蘭花來到了兩排房屋的中間，那地方，原來一定也是一大片空地，牆上的浮雕可以辨認得出，全是和大象有關的。

在那兩排房屋中間的宮殿，還有一條走廊通向後面，後面是一座高樓，足有五層高，上面的三層，已經塌下了一大半，下面兩層看來還很完整。

在那座高樓的四周圍，則全是空地，所謂「空地」，那是指數百年前的情形而言，在現在來說，那全是濃密的樹林。

那座高樓建築形式很特別，看來像是一座塔，越到上面越是小，但是它的基部，卻實在大得驚人，它是四方形的，木蘭花約略地估計了一下，它的每一邊，至少在三百碼以上！

那座高聳的宮殿，在遠處看來，就是「山頭」的部分了，木蘭花無法知道這座被湮沒了的宮殿中，究竟有著多少房間！

她知道，宮木他們發現的寶石和黃金，一定在其中的一間房間之中，木蘭花並不是為寶石和黃金而來，而且她知道，宮中的珍寶被大量儲藏在地道之中，在地面上的，只不過是極小部分而已。

然而，在那樣近一千年來，未為人所知的古宮之中，難道真有地道？而地道下，竟一直住著人，多少年來，不知道外界有什麼變化？

木蘭花在那高聳的宮殿之前呆立了許久，她的心中除了有一種十分詭異的感覺之外，而且，還著實地亂得可以。

她在想：她應該怎麼辦呢？

她已經發現了這座宮殿，要憑她一個人的力量，去找出地道的入口處來，那可以說是一件十分困難的事，因為宮殿被樹木吞沒的年代太久了，原來通向地道的通路可能早已被塞死了！

要找尋地道，必須依靠大量的人力，而且，還要許多新型的儀器來幫助，而如果她一個人進行，那就算找到了地道，發現地道中，當真有那種與世隔絕的人在生活著，那麼，她將如何處置那些人呢？

那更不是她一個人的力量所能處置的事了。

木蘭花立即有了決定，將這一切發現向當地政府報告，由當地政府組成探險隊，來發掘這裡的一切！

木蘭花取出了一具小型的攝影機，拍了好幾張照片，然後，她走進了那高聳的宮殿的底層，那裡面十分陰暗，黑得幾乎什麼也看不見。

木蘭花停了片刻，才隱約可以看到些眼前的情形，那裡面的樹木倒不多，有許多石製的椅子，和一個大水池，居然還很完整。

有一道樓梯，是通向上面去的，木蘭花向上走去，到了二樓，那裡是三間大房間，每一間都有巨大的石榻，木蘭花立時在正中那間的石榻下，發現有寶光掩映。

木蘭花向前走去，來到了榻前。

當她掀起厚厚的石板時，她也不禁搖了搖頭。

呈現她面前的各種寶石和金塊，令得她目光瞭亂。那麼多寶石和金塊，可知這座宮殿的主人當時的貪婪，到了什麼程度！

但是，那又有什麼用呢？宮殿的主人擁有的寶石和黃金再多，他現在怎麼樣了？隨著時間的過去，任何人都難免一死，成為白骨！

木蘭花闔上了石板，她又呆立了片刻。

如果不是知道宮木、太倉和小澤三人，一定會找到這裡來的話，那麼她立時就準備離去的了，但現在，她卻要等他們三人來了再說。

木蘭花要說服他們三人，一起到當地政府去舉報，因為這座宮殿的最早發現人，還是他們三個人，她只不過是順著他們走過的路來到這裡的而已。

木蘭花花了三個多小時的時間，總算大體上在那座宮殿的每一個房間中走了一遍，然後，她又離開了那座宮殿。

這時候，天色已經黑下來了，木蘭花用心傾聽著，想聽到是不是有流水的聲音，因為那瞎子說，他是從一條河流中游出來的。

木蘭花找到了一些看來可以充飢的果子吃了幾個，在一塊比較平整的大石子躺了下來，她在想，宮木他們應該快到了。

木蘭花小睡了片刻，等她醒來之後，已經是午夜時分了，她聽得林中有「窸窣」的聲音傳了過來，同時，也隱約聽到了人聲。

木蘭花立即坐了起來，人聲越來越近，木蘭花立時辨出，那是宮木大佐的聲音，宮木在用十分粗魯的語言罵著人，木蘭花也聽到了太倉和小澤兩人的聲音，卻只是答應著。

漸漸地，木蘭花看到宮木、太倉和小澤三人已經走近了！

木蘭花略為猶豫了一下，身子一閃，閃到了那塊大石之後，她躲到那塊大石之後，她看到宮木等三人越走越近，已經來到離她只有四五碼處了。

宮木並沒有看到木蘭花，只見他搖著手，向著宮殿的正門大喝道：「臭娘們，滾出來！」

木蘭花皺了皺眉，她自大石後站了起來，冷冷地道：「宮木先生，我以為你是一個受過教育的人，看來我是料錯了！」

木蘭花才一出聲，宮木便倏地轉過身子來。

而站在宮木身後的太倉和小澤兩人，一看到木蘭花，便低下了頭去，天色很黑暗，看不清他們臉上的神情，但以他們低頭的情形來看，自然是因為心中感到愧對木蘭花，才會這樣的。

宮木則狠狠地瞪著木蘭花，仍然搖著手。

天色雖然黑暗，但是木蘭花可以看得很清楚，宮木的手中，握著一枚手榴彈！

宮木發出一聲聲的怒吼，道：「你已經偷竊了多少珍寶，快交出來。」

木蘭花冷冷地望著宮木，道：「我一顆也沒有拿，不過你也得弄明白，那些珍寶，也絕不是你的，或是你一直念念不忘的日本皇軍的。」

宮木陡地向前跨出了一步，厲聲道：「它是屬於皇軍的！」

木蘭花一聲冷笑，道：「可惜的是，日本皇軍早已不存在了！」

木蘭花的話，一定使宮木受到極大的打擊，他的身子竟劇烈地發起抖來，他咬牙切齒地道：「有了這些珍寶，我可以重組軍隊！」

5 帝國根據地

木蘭花的心中，不禁陡地一驚。看來，事情比她想像的要麻煩得多！

宮木絕不是不接受事實，而是在事實之前，卻另有打算！

如果宮木大佐只是不接受事實的話，那麼問題就很簡單了！

日本早已在二十多年前戰敗，這個事實，是不容否認的，宮木就算暫時覺得難以接受，但是，終於扭不過鐵一般的事實的。

但是，如今的情形，卻並不是那樣！

宮木大佐雖然已知道了事實的真相，但是他卻還不肯承認失敗，他還有自己的打算！

木蘭花看著他，只見他的手在發抖，他的臉部肌肉在抽搐著，自他的眼中迸射出一種極其憤怒的光芒來，木蘭花真怕他在剎那間擲出了手榴彈來！

但是，木蘭花還是十分堅定地道：「你已經在我送給你的收音機中，知道了事實的真相了，對不對？你和世界隔絕得實在太久了！」

宮木大佐雙眼之中的恨意越來越甚，他厲聲吼道：「是的，我和世界隔絕得實在太久了，但是，這幾天來，在你給我的收音機中，卻學到了不少東西！」

木蘭花一面在迅速地轉著念頭，想著如何才可以改變眼前的情形，使宮木不再佔有優勢，但是她暫時卻想不出什麼辦法來。

所以，她唯一可做的事，就是拖延時間。

她裝著有興趣的樣子，道：「是麼？在這幾天中，你學到了什麼？」

宮木大笑了起來，道：「我學到的東西可多著哩，從收音機中聽到的每一句話，對我來說，都是新鮮的，但最主要的是我知道，現在世界上，更加沒有真理可言，強權橫行，誰有力量，誰就可以統占一切，甚至於公然的侵略，別人也只是敢怒而不敢言！」

木蘭花怔怔地望著宮木，一句話也講不出來。

她早就料到宮木是一個極其聰明的人，但是木蘭花卻未曾料到，就在短短的幾天之內，憑著一架收音機，他對世界大勢便已有了如此深刻的瞭解！

木蘭花無法反對宮木的話，宮木講的話，即使不是絕對正確的，但是，他卻也有著好幾件無法以任何理論駁倒的事實，來證明他的論點！

木蘭花緩緩地吸了一口氣，沒有出聲。

宮木卻像是興奮起來，他揮著手，仍握著那手榴彈，他大聲道：「我知道日本皇軍已經完了，日本天皇竟然不戰到最後一個人，而作出了可恥投降的決定，從現在起，我已和可恥的日本皇軍脫離了關係，我要建立一個帝國！」

木蘭花的雙眉皺得更緊，她緩緩地道：「歷史上有很多狂人，妄想過建立自己的帝國，但是結果，他們全都失敗了！」

「那是因為他們是狂人，」宮木立即道：「而我不是，在這幾天中，我已有了周詳的計劃，這一片叢林，就是一個偉大的新帝國的根據地，我拿了廢宮中的珠寶出去變賣，我可以買大量的軍火回來，也可以招募到我所需要的士兵！」

宮木大佐越講越興奮，他雙手一起揮著，聲音也越來越大，他的額上青筋暴綻。

他道：「我用最嚴格的方法訓練他們，等到我的力量足夠龐大時，我就出擊附近的城鎮，我可以一直打到仰光去，佔領整個緬甸，然後再向外擴張！」

木蘭花仍然沒有說什麼。

因為木蘭花知道，在如今那樣的情形下，去和宮木多費唇舌，完全是枉然的，宮木正處在狂熱的情緒中，他如何會聽人勸說？

現在需要的，不是言語，而是行動！

木蘭花緩緩向前，走出了一步。

她在想，宮木手中所持的武器是手榴彈，如果她可以來到和宮木接近的地方，那麼，宮木的優勢就不再存在了。

因為手榴彈是遠距離攻擊的武器，如果木蘭花來到了宮木的近前，宮木是無法用手榴彈攻擊她的，因為手榴彈爆炸，宮木自己也難以避免。

可是，宮木雖然在狂熱的興奮中，他的警惕性還是極高，木蘭花才向前跨出了一步，他就大聲喝道：「站在那裡別動！」

木蘭花站定了不動。

宮木在大聲呼喝的時候，還揚了揚手中的手榴彈，也就在那一剎那，木蘭花心中陡地一亮，她想到了對自己極有利的一點！

而當她想到這一點的時候，泛起了一個笑容來。

宮木瞪著木蘭花，像是不明白木蘭花為什麼要笑，他只是狠狠地道：「這是給你的一個選擇，你是選擇參加我的行動，還是死在這裡？」

木蘭花冷冷一笑，說道：「為什麼我只有兩個選擇？」

宮木又揚了揚手中的手榴彈，道：「你不看看我手中的東西是什麼？它雖然陳舊，但是我敢保證，它的爆炸性能，仍是第一流的！」

木蘭花的態度更輕鬆了，她道：「我也相信是，但是，它到底太陳舊了，你拉開引線之後，它要過十秒鐘才會爆炸，是不是？」

當木蘭花指出這一點的時候，宮木的臉色變得極其難看，他尖聲道：「你自以為在這十秒鐘之內，躲得過我的襲擊？」

木蘭花笑出聲來，道：「時代在飛速地進步，宮木先生，而你和我的時代脫節太久了，在你的時代中，十秒鐘不算什麼，但是現在，十秒鐘已經可以做很多事，多得你想不到！」

宮木憤怒地吼叫了起來！

他一面吼叫，一面手一揚，已經用口咬開了手榴彈上的引線，當引線一被咬開之後，木蘭花的心中，也不禁十分緊張！

但是，她還是凝立著不動！

宮木揮著手，他大約揚了六七秒鐘，才又發出了一聲大喝，手榴彈向著木蘭花疾拋了過來，也就在宮木手榴彈甫一出手之際，木蘭花身子躍起，已經向著宮木直衝了過來。

木蘭花所有的時間，只不過是三秒鐘或是四秒鐘。

時間對於不同的人，意味不同的意義，一個動作遲緩的人，在三四秒鐘一閃即逝的時間中，可能什麼事情也做不成，但是對於行動敏捷得像豹一樣的木蘭花來說，三四秒鐘的時間，已經夠她向前疾衝出十幾碼的了，而她和宮木之間的距離，也不過十幾碼而已。

宮木做夢也想不到，木蘭花在他拋出了手榴彈之後，不是向外逃去，反而是向他直衝了過來，在那一剎間，他只是滿面驚恐，木然而立。

而木蘭花則已迅速地衝到了他的面前，掌緣向著宮木的頸際，一掌橫揮了出去。

當木蘭花發出那一下「手刀」之際，手榴彈在她剛才站立的地方，發出了「轟」地一聲巨響，炸了開來。

那一下爆炸，真是極其猛烈，令得木蘭花的身子猛地向前一衝。

但正因為她的身子向前一衝，是以她的一掌，力道更是大得驚人，宮木的身子向後疾跌了出去，在地上滾了一滾。

木蘭花在剎那間也無法去察看宮木是否被自己的一掌擊昏了過去，因為她自己的身子也因為爆炸而站立不穩！

她的身子向前跌去，當她在跌倒的那一剎那間，她看到太倉和小澤兩人，也是滿面驚駭之色，一起倒在地上，立時躍起。

當她躍起之後，她看到不遠處，那兩根巨大的石柱正在搖晃著，當木蘭花看到石柱搖晃時，她還以為是自己眼花了！

但是，那卻並不是她的眼花，而是那枚手榴彈爆炸的結果。那兩根大的石柱搖晃著，在不到十秒鐘的時間內便倒了下來，巨大的，每一塊都超過一噸重的大石，轟隆轟隆倒了下來。

當大石倒向地面的時候，像是整個地面都在震動，木蘭花身子左右搖擺著，她要費很大的勁，才能維持自己不致於跌倒。

而接下來發生的事，卻更令得木蘭花目瞪口呆！

她看到成千上萬，大大小小的蛇，從各種各樣的洞穴中，更多的是從達華拉宮之中竄了出來，當木蘭花才一看到那種情形之際，她甚至無法知道她自己看到的究竟是什麼！

那的確是驚人之極的，上萬條大大小小的蛇，一起以最高的速度向前竄出，千萬條斑斕的蛇身彙集在一起，簡直像是一道怪異之極的瀑布！

木蘭花不知曾經歷過多少危險的經歷，她都能夠在最短的時間內，想出辦法來應付，可是這時候，看到了那樣的情形，她也呆住了！

她根本連躲避的念頭都無法想，她才看到那成千上萬的蛇。

蛇群已然竄到了她的面前，她看到大大小小的蛇，在太倉、小澤和宮木的身上竄過，有一條足有丈許長的蛇纏住了太倉，太倉發出驚心動魄的叫聲，小澤雙手抱著頭，伏在地上。

木蘭花想要趕過去救太倉，但是她的雙足也被一條七八尺長的蛇纏住了，木蘭花實在想不到，一條七八尺長的蛇能發出那麼大的力道來。

她的雙足一被纏住，骨頭便像是要斷裂一樣，身子一側，便跌倒在地上，而她才一跌倒，另外一條較小的蛇又纏住了她的手臂。

木蘭花在剎那間，只得用力握住那條較小的蛇的蛇頸，身子竭力向外滾去，當她在向外滾去的時候，她是在很多滑膩的、五色斑斕的蛇身上壓過去的。

她滾到了一塊大石之旁，用力將被她握住蛇頸的蛇頭，向大石的尖角撞去，連撞了七八下，那條蛇顯然已被撞死了，木蘭花這才鬆開了手。

她暫時還無法擺脫那條死蛇，因為另外有一條更大的蛇，正纏住了她的雙腿，但是木蘭花總算可以騰出雙手來了！

她的左手用力撐住了那條大蛇的下顎，蛇迅速地吞著，木蘭花盡量屈起身子，她的右手已摸到了她的鞋跟。

而當她的右手一摸到了鞋跟之際，她就在鞋跟之中，抽出了一把極其銳利的小刀來，毫不猶豫地插進了那大蛇的下顎！

她移動著手，小刀也跟著向下移。

她幾乎將那蛇的身子剖開了一半，腥紅的蛇血灑了她的一身。

那蛇才死去，木蘭花先扯脫了纏在手臂上的死蛇，然後，她雙手一起用力，一節一節地將纏在雙腿上的蛇身拉了開去。

木蘭花喘著氣，站了起來，她的雙足竟感到了麻痺！

她身子才一挺立，雙腿一軟，便又跌倒，木蘭花忙伸手扶住了大石，喘著氣。

剛才的經歷，實在太可怕了，木蘭花雖然有過人的鎮定力，可是在那一剎那間，她也無法完全定過神來，看清眼前的情形！

但是，木蘭花至少知道一點，那便是，危機已經過去了！

那成千上萬條的蛇，自然是被手榴彈的爆炸聲驚動得逃竄出來的，也正因為如此，蛇的逃竄速度才來得如此之快。

當木蘭花扶住大石站著之後，所有的蛇都已逃了，木蘭花也知道，蛇在急速的逃竄中纏住了她，並不是有意襲擊她的，所以才只是纏住了她，要不然，七八尺長的蛇，一口就可以將她的一隻腳連骨吞了下去！

木蘭花的危險經歷之中，可以說以這一次最為可怕了，因為她面對的，是成千上萬迅速竄過來的蛇兒，根本連想一想如何應付的機會都沒有！

當她站定身子之後，她首先看到，手榴彈爆炸後噴出來的濃煙已在漸漸散去，木蘭花忙轉頭去尋找太倉、宮木和小澤三個人。

她首先看到了小澤。

當木蘭花看到小澤的時候，她不禁吸了一口冷氣！

在小澤的身上，至少纏著三四條蛇。

小澤在一株樹旁，他的雙手緊緊地抱著樹身，然而，那一點也沒有用處，他太不幸了。

有　條蛇纏住了他的頭，他的頭半仰著，從他臉上的神情看來，他顯然因為蛇纏住了他的頸，而已經窒息死了！

接著，木蘭花又看到了太倉。

太倉的情形更慘，他被一條大蛇連頭和一塊大石纏在一起，那條大蛇纏住太倉頭部的力道，竟如此之大，以致太倉的頭已被壓扁了！

木蘭花打了一個寒顫，她感到自己的頸際十分僵硬，幾乎難以轉動，在這樣的原始叢林中，本來就是什麼都可以發生的。

但是木蘭花卻再也料不到突如其來的變故，竟會造成那樣恐怖的結果！她慢慢地轉動著頭部，終於，她在一株大榕樹的根部中間，看到了宮木。

木蘭花看不到宮木的臉，因為宮木的上半身，全在盤虯的榕樹根之中，但是木蘭花不必看到宮木的臉，就可以知道他遇到了什麼事。

和太倉、小澤一樣，木蘭花知道，宮木也死在蛇的噬咬和盤纏之下了，因為在宮木的身上還纏著兩條大蛇，正咬住了宮木的後心，而且一條的頭部，也在樹根之中，看不清楚。

木蘭花足足呆了三五分鐘，才算是緩緩定過神來，她向前走去，直到肯定太倉、小澤和宮木三個人全死了，她才苦笑了一下。

這三個日軍與世隔絕，在叢林之中苦守了二十多年，但是結果卻得到那樣的下場，木蘭花的心中，多少有點同情他們。

雖然，他們的死全是咎由自取，如果他們肯聽木蘭花的話，一起在找到達華拉宮之後，立時回去，向當地政府報告，那麼，在發現了達華拉宮的寶藏之後，他們一定會得到相當數目的獎勵，回到日本之後，他們的生活是不成問題的。

可是，太倉和小澤卻在半途背叛了木蘭花，而宮木又發著要憑達華拉宮的財富建立一個新的帝國的美夢，結果，他們全死在達華拉宮之前。

木蘭花嘆息了幾聲，她拾起了一些宮木帶來的必需用品，離開了達華拉宮，在叢林中向前走著，她自然還要再來的。

但當她再來的時候，她一定率領著一個有充足設備的探險隊，也只有一個有充分設備的探險隊，才能決定在達華拉宮的地道中，是不是真有幾百年來，一直像老鼠一樣生活著的怪人存在。

木蘭花在叢林中步行了兩天，才回到了她那架飛機停著的河邊，宮木顯然只顧著來追蹤他們，是以並沒有時間來破壞飛機。

木蘭花在駕駛位上坐好，繫好了安全帶，才和伐木工程隊取得了無線電聯絡，她得到的回答，是一陣興奮的歡呼聲。

因為她離開得太久了，從她離開的第二天起，伐木隊方面便以為她遭到了意外，已經派出飛機，進行了三次空中搜索！

木蘭花駕著機，飛機順著平坦的河床向前衝去，木蘭花按下了升高桿，飛機在樹林的頂上掠過，漸漸升到了空中。

木蘭花在空中繞了一個圈，半空之中看下來，下面全是莽莽蒼蒼的森林。人類從來也不知道，在那樣的叢林中，有一座古代的宮殿。

但是現在，木蘭花卻可以確切地證明這一點了！

她此行雖然經歷了意想不到的危險，幾乎送了命，但這時，當她已平穩地在空中飛行之際，她覺得自己此行還是值得的。

她到達了伐木隊的機場之後，又受到了熱烈的歡迎，木蘭花並沒有向伐木隊的人多說什麼，她立即先舒舒服服地洗了一個澡，然後，直睡到第二天的上午，她向伐木隊暫時告別，又駕著機，開向仰光。

她是在傍晚時分到達仰光的，而一離開機場，她就直趨市區，去尋找那瞎子，她先要告訴那瞎子，她找到了達華拉宮！

木蘭花已到那瞎子的住所一次，那是在她前往伐木隊的工地之前的事，是以她很容易就找到了那瞎子的住所。

那瞎子在世界各地巡迴表演，收入很不錯，是以他的住所，是一幢相當別緻的小洋房，那洋房在一條巷子的盡頭處。

木蘭花走進了巷子，停在門口，按著門鈴。

上次她來的時候，幾乎是一按下門鈴，那瞎子便走出來開門的，可是，這一次，木蘭花按了又按，足足按了十分鐘，還沒有什麼動靜。

木蘭花呆了一呆，心中在想：那瞎子難道不在家中？但是木蘭花從鐵門望進去，卻可以看到那房子中有人在走來走去。

木蘭花繼續按著門鈴，又過了半分鐘，才看到有一個人走了出來，隔著門，看到那自房中走出來的人，木蘭花又是一呆！

那是一個身形很龐大，有著棕色鬈髮的歐洲人。

那人大踏步向前走來，在他的臉上，顯出一種小孩子也可以分辨出來的凶狠的神氣。

他來到了門口，瞪著眼，喝道：「什麼事？」

如果木蘭花不是曾經來過一次的話，那麼，當她看到歐洲人的時候，她一定會以為自己找錯地方了，但現在，她卻不致於懷疑這一點。

那歐洲人的態度如此粗魯，不禁令木蘭花皺了皺眉，木蘭花道：「我來找人。」

那大漢「哼」地一聲道：「找什麼人？」

木蘭花呆了一呆，她一直不知道那瞎子叫什麼名字，她並沒有向那瞎子問過姓名，但木蘭花卻也不致於回答不上來，因為木蘭花曾在夜總會中見過那瞎子，木蘭花記得在那夜總會的門口，懸著大幅的廣告：

「奇異先生，表演超人的聽覺。」

「奇異先生」自然不會是那瞎子的真姓名，但是，那至少是他的藝名，是以木蘭花道：「我找奇異先生。」

那漢子又是「哼」地一聲，這時，另外有一個身形更龐大的漢子，又從房子中走出來，他雖然一頭黑髮，但也明顯地是歐洲人。

他來到了門前，也粗聲粗氣地問道：「有什麼事？」

棕髮大漢答道：「這女人來找瞎子！」

黑髮漢子道：「她是什麼人？」

他們兩人交談的語音，全是充滿了西西里島口音的拉丁語，木蘭花又皺了皺眉，她完全可以聽得懂，但是她卻裝著不懂。

那棕髮漢子道：「誰知道她是什麼人？」

黑髮大漢道：「你告訴她，瞎子不在，叫她走吧！」

木蘭花直到這時，才突然冷冷地也以他們使用的語音道：「告訴我瞎子不在，那就是說，他在，我必須要見他！」

那兩個漢子立時以一種訝異的目光向木蘭花望了過來，而且，他們兩人迅速地互望了一眼，暗暗點了點頭。

那棕髮漢子在一點頭之後，就拉開了門栓，將門打了開來，道：「請進來。」

木蘭花看來毫不猶疑，就向門內走去，但事實上，木蘭花早已知道這兩個人不好懷好意了，她看來不在意，卻正全神戒備著。

果然，她才一走進門，那棕髮大漢便突然伸手抓住了她的手腕，用力一拉，將木蘭花拉得向他疾跌了過去。

木蘭花既然早已有了準備，如何還會容他得手，就在木蘭花的身子向前疾跌而出之際，她的左手已經揚了起來，她的食指和中指疾插在那棕髮漢子的咽喉上！

那棕髮漢子發出了一下難聽之極的怪叫聲，立時鬆開了木蘭花的手腕。他的雙手插住了咽喉，雙眼翻著白，身子痛苦地蹲了下來，而就在一剎那之間，木蘭花已倏地轉過了身來。

木蘭花才一轉過身，黑髮漢子也已衝了過來。

木蘭花的身子略略一側，一伸手，抓住了黑髮漢子的手臂，順著他向前衝來的勢子，拉了一拉，那黑髮漢子一個站不穩，「撲」地跌倒在地。

木蘭花根本不給他撐起身來的機會，立時一躍向前，腿踢在他頸際的大動脈上，那黑髮漢子發出一下悶哼聲，便在地上打滾。

木蘭花打倒了那兩個漢子，前後只不過十分鐘，可是屋子中顯然也已聽到了花園中的爭鬥聲，又有兩個人奔了出來。

那兩個人的手中，都持著槍，他們一衝了出來之後，立時便向木蘭花射了兩槍！

他們的手槍槍管上都套著滅音器，是以發出來的槍聲，不會比拍一下手掌更響亮些。

木蘭花立時在草地上打著滾，她滾到了一張石凳之後才一躍而起，她看到那兩人也蹲著身，向前奔了過來。

木蘭花立時取出麻醉槍，扳動了槍機。

奔向前的一個人，身子突然向前一衝，便倒在地上，不再動彈，另一個忙跳到了一叢灌木之後，向前連射了幾槍。

木蘭花在一進花園之後，在短短的時間內，已經對付了對方三個人，她可以說已佔了上風了，但是她卻也未能衝進屋子去。

她不知道「奇異先生」怎麼樣了，也不知道那些人究竟是什麼人，然而有一點，木蘭花可以肯定的，則是那幾個大漢，一定是來對「奇異先生」大大不利的匪徒，是十分凶悍的犯罪分子。

那躲在灌木叢中的大漢，在向木蘭花接連射了幾槍之後，也靜了下來，這時，只見「奇異先生」在屋子門口出現了。

「奇異先生」並不是自己走出來的，他的手臂被人拗著，在他的身後，另外有一個面目十分陰森的漢子，手中持著槍，指著他的後腦。

木蘭花一看到這種情形，連忙叫道：「奇異先生！」

奇異先生面上的肌肉抽動了兩下，只聽得他身後那漢子道：「那女人是什麼人？」

奇異先生搖著頭道：「我不認識她。」

木蘭花在一聽得奇異先生那樣說，不禁陡地一呆，奇異先生雖然是一個瞎子，但是他卻有著敏銳之極的聽覺，絕不可能聽到了她的聲音，而不知道她是什麼人的。

但是，木蘭花只是呆立極短的時間，她立時就知道了奇異先生的用意是故意那樣說的，他是不想牽累她！

在奇異先生背後的那漢子，立時怒喝道：「快說，她是什麼人？不然，我就先射死了你！」

奇異先生的身子發著抖，他緊閉著嘴，看來一點也沒有說話的打算，木蘭花對他的勇敢，心中也感到十分佩服。

木蘭花這時冷笑一聲，道：「我是什麼人，絕不是什麼秘密，我是奇異先生的朋友，木蘭花！如果你慣於犯罪，一定知道我是什麼人！」

那漢子一定是慣於犯罪的，因為他一聽到木蘭花報出了名字來之後，他的臉色就變得極其難看，發出了一連串的乾笑聲來。

木蘭花冷冷地道：「你該知道你不是敵手了吧，你又是什麼人？我猜你是黑手黨的漏網之魚，你應該知道我的厲害！」

那漢子發出了一下怒吼聲來，大聲喝叫道：「射擊！」

6 最壞打算

在灌木叢後的那漢子，又連射了兩槍。

木蘭花躲在石凳之後，十分安全，那兩槍都射在石凳上，並未曾射中她，而那漢子立時押著奇異先生，又退回了屋子之中。

木蘭花雖然不成問題，可是她卻也無法衝進屋子之中，她深深地吸了一口氣，慢慢地移動著身子，當她自石凳的另一端探出頭來時，灌木叢中，槍聲又響了。

木蘭花立時縮了縮頭，當她一縮頭之後，又是「咯」地一下響，但是那一下，卻並不是槍聲，而是撞針撞下去，沒有子彈時發出的聲響。

躲在灌木叢中的那傢伙，子彈已射完了！

木蘭花在一聽到了那「咯」地一聲響之後，身子便直彈了起來，她以極高的速度向屋子衝去，灌木叢中的那漢子發出了一下驚呼聲來。

就在那漢子發出一下驚呼聲之際，木蘭花的肩頭已猛地撞在門上，將門撞開來，身子一個翻滾，滾到了一張沙發之後。

在她滾動之際，樓梯上傳來了兩聲槍響，子彈卻射在地板上，木蘭花一到了沙發之後，就看到那漢子推著奇異先生，往閣樓上走去。

木蘭花立時扳動了麻醉槍的槍機，那漢子的身子突然一挺，接著，便向後面倒了下來。

奇異先生像是也知道發生了什麼事，是以他立時伸手抓住了樓梯的扶手，那漢子順著樓梯，一直滾到了樓梯的腳下。

在花園中，那三個漢子都已站了起來，可是他們卻沒有一個敢衝進屋子來，他們一起以極高的速度，衝出了花園。

一共是五個歹徒，兩個中了麻醉槍，昏迷不醒，三個已狼狽而逃，木蘭花呼了一口氣，自沙發之後站起了身子來。

奇異先生也急忙向下走了下來，他雖然是個瞎子，但是他卻完全可以知道木蘭花在什麼地方，他直向著木蘭花走了過來。

他來到了木蘭花的身前，道：「蘭花小姐，你怎會那麼快就回來？幸而你及時趕到，不然，我真不知道如何應付這班人才好了！」

木蘭花向樓梯口的那人望了一眼，道：「他們是什麼人？」

「那個樓梯上跌下來的，」奇異先生回答道：「是我在義大利表演的時候，一家夜總會的總管，我曾對他們說起過達華拉宮的事！」

奇異先生講到這裡，有些不好意思地笑了一笑，道：「我幾乎對每一個人都講起達華拉宮的事，我要人相信我的話，但是卻沒有人相信我。」

木蘭花很明白奇異先生的這種心理，他來自達華拉宮，而幾乎沒有一個人相信這一套，在他的心中，自然感到一種異樣的孤寂，在那樣的心理之下，他逢人便說達華拉宮，那也是一件自然而然的事。

木蘭花略想了一想，道：「看來，他們至少是相信了你的話，不然，他們老遠從義大利到這裡來找你，是為了什麼？」

奇異先生皺起了眉，道：「蘭花小姐，你請坐。當時，我向他講起達華拉宮，他用一種十分惡毒的聲音笑我，說我所講的，完全是一個瞎子的白日夢，這是半年多以前的事，真不知道他為什麼忽然相信了我的話，會來逼我！」

「他逼你什麼？」

「他逼我帶他們到達華拉宮去，他說，只有我一個人方能知道達華拉宮在什麼地方，但是我則坦白告訴他們，我也不知道。」

木蘭花望著奇異先生，坐了下來。

在她坐下之後，奇異先生也坐了下來。

木蘭花道：「這屋子中還有人麼？」

「沒有人，我一直是一個人生活，他們來的人，全已走了，是不是？」奇異先生反問。

「沒有全部離去，一個昏倒在花園中，另一個則昏倒在樓梯上，」木蘭花將聲音壓低，「奇異先生，我已經找到達華拉宮了。」

奇異先生本來是坐著的，可是木蘭花的話才一出口，他就霍地站了起來，他的口唇發著抖，身子筆直挺著，雙手揮舞著。

那顯然是木蘭花的話令得他實在太激動了，是以一時之間不知該說什麼才好。

木蘭花忙道：「鎮靜些，奇異先生！」

「你……找到了達華拉宮？」

「是的。」

「那麼，你……你有沒有見到我的族人？」

「沒有。」木蘭花回答。

奇異先生的口張得老大，過了好一會，他才道：「為什麼……你沒有看見他們？他們是在地道中的，我們一直生活在地道中！」

木蘭花連忙解釋道：「並不是他們不在了，而是我沒有尋找他們，那座宮殿，全被樹林盤據著，我一個人的力量，是無法尋找到地道的入口處的。」

奇異先生團團轉著，不斷地道：「那我們怎麼辦？那我們怎麼辦？」

木蘭花道：「那宮殿也全是可怕的樹根和毒蛇，在大堂中，還全是有刺的毒荊棘，一個人的力量是無法深入的，一定要組織一個探險隊才行。」

奇異先生忙道：「那麼，請你去組織，我有點積蓄，可以全部拿出來，蘭花小姐，我一定要使我的族人不再在地道中生活。」

木蘭花道：「你的願望，我想一定可以達到的，但是組織探險隊，絕不是私人力量能夠解決的的事，我們要和政府去聯絡。」

奇異先生道：「政府會相信麼？」

木蘭花道：「應該會相信的，而且，也有足夠的珍寶，吸引著政府去發現這個古宮，我看，在和政府部門聯絡時，你得和我一起去。」

奇異先生低著頭，他像是在考慮著木蘭花的提議。他突然側了側頭，用一種低沉的聲音道：「蘭花小姐，樓上有什麼人正在走下來？」

木蘭花陡地一呆，立時抬頭向上看去。

樓上十分安靜，根本沒有人，但是木蘭花卻立時站了起來，因為她知道，奇異先生的聽覺是異乎常人的，木蘭花在這時雖然什麼聲音都沒有聽到，但是她知道，奇異先生一定是聽到了什麼聲音。

她忙問道：「你聽到了什麼？」

奇異先生道：「有人在樓上走動，正走向樓梯口！」

木蘭花忙道：「我們快躲到沙發後面去！」

奇異先生的身子動了一動，木蘭花的身形只來得及閃了一閃，便聽得樓上陡地傳來了一聲大喝，道：「別動！」

木蘭花陡地向前撞了過去。

她那一撞，將奇異先生撞跌在地上，而她自己，也在地上陡地打了一個滾。就在那一剎間，一陣驚心動魄的機槍聲已響了起來！

木蘭花在一滾之際，已經滾向沙發後面，只是奇異先生卻慌張地站了起來，那顯然是這一陣機槍聲實在太驚人了！

試想，奇異先生能夠聽到最細微的聲響，那麼，這一陣驚心動魄的槍聲在他聽來，自然更可以令得他的舉措失常了！

木蘭花一看到他站了起來，急忙叫道：「伏下！」

但是奇異先生仍然未曾伏下，他慌慌忙忙地向門口奔著，他才奔出了一步，又一陣驚心動魄的機槍聲，自樓上傳了下來。

奇異先生整個身子向前撞了出去，撞向門口，他的手握住了門柄，但是他卻已沒有力道將門打開來了，「砰」地一聲，跌倒在地上！

他根本連掙扎一下的機會都沒有，便已被射殺了！

木蘭花發出了一陣怒喝聲，她是很少那樣發怒的，但這時，她心中的惱怒真是難以形容。

她抬頭向上看去，只見一個肥胖的漢子，手中提著機槍，槍口還在冒著煙，正對準了她！

木蘭花厲聲道：「你殺死了他！」

那漢子冷笑一聲，道：「自然是，我殺死了他，如果你不合作的話，我也一樣殺死你，我久仰大名的木蘭花小姐！」

木蘭花盯著那漢子，她知道那漢子只是在威脅她。是不會向她射擊的，因為那漢子顯然是剛才那個人的同伴。

他們來找奇異先生，目的自然是為了尋找被淹沒的達華拉宮，這傢伙剛才躲在樓上，自然也聽到她和奇異先生的全部對話。正因為那樣，木蘭花才肯定他不會向自己射擊，因為只有她才知道達華拉宮在什麼地方，那漢子需要她帶路去尋找達華拉宮！

木蘭花料定了這一點，是以她從沙發後面站了起來。

她仍然緊盯著那漢子。

那漢子在她的注視下，顯得有點不安。

他揚了揚手提機關槍，喝道：「將你的手槍拋開！」

木蘭花一字一頓地怒罵道：「你是頭卑鄙的老鼠！」

「隨便你罵我是什麼，」那漢子喝道：「將你的槍拋開，你可以找到達華拉宮，我也可以循著紅巴向西走，找到達華拉宮的！」

木蘭花呆了一呆，那漢子的話，確實令她吃了一驚，因為那漢子也知道達華拉宮是在紅巴的西面，木蘭花不得不重新考慮自己的處境了！

自然，對方仍然會需要她來帶路的，但是，卻並不是絕對需要她來帶路，如果她使那漢子想到不利的話，那漢子並不是一定不會下手的！

木蘭花想到了這一點，她一揚手，拋開了麻醉槍。

那漢子嘿嘿笑著，向下走來，他來到樓梯腳下，一腳踢開了那昏在樓梯腳下的人，又向前走出了幾步，才停了下來。

他一直在發出得意的笑聲來，道：「或許你在詫異，何以我對達華拉宮知道得那麼詳細，是不是？那些，全是瞎子告訴我的！」

他講到這裡，又怪聲怪氣地笑了起來。道：「蘭花小姐，既然沒有他人替我們介紹，我只好自我介紹了，我叫洛丁尼，是一家夜總會的主人，當然，如果只靠正常的買賣，是不會發大財的。」

木蘭花用十分平靜的聲音道：「洛丁尼先生，你空歡喜了，世界上根本沒有什麼達華拉宮，那只不過是瞎子的幻想！」

洛丁尼仍然發出怪聲怪氣的笑聲來，道：「蘭花小姐，你當我是三歲孩子麼？剛才，你對瞎子所說的一切，我全聽到了。」

「我知道你聽到了，」木蘭花安詳地回答，在沙發上坐了下來，「但是，那只不過是我捏造出來，安慰他的話而已。」

洛丁尼笑著道：「那麼，你準備和他一起去欺騙緬甸政府？」

木蘭花自然也知道，自己這時候忽然改口，說根本沒有達華拉宮，洛丁尼是不會相信的，但是除此之外，她也沒有更好的法子。

她只好繼續道：「是的，我想緬甸政府根本不會相信，那麼，他也就死了心，在心理上而言，那是可以使他的幻想消失的！」

洛丁尼「哈哈」大笑了起來，他的笑聲已令得木蘭花感到很尷尬了，但是洛丁尼接下來所說的話，簡直使木蘭花感到狼狽！

洛丁尼笑了好一會，才道：「想不到大名鼎鼎的木蘭花小姐，所使用的伎倆竟是那樣的幼稚，真不明白當時你是如何對付了黑手黨首領的！」

（洛丁尼自義大利來，自然知道木蘭花和黑手黨在地中海爭鬥的事，這件事的全部經過，記述在〈珊瑚古城〉故事中，請見《木蘭花傳奇22鬥古城》一書。）

木蘭花吸了一口氣，她還未曾開口，洛丁尼便又道：「當奇異先生提到他是從達華拉宮來的時候，每一個人都嘲笑他，但只有我不笑他，事後，我足足花了將近半年工夫，去調查他的一切，我想你也一定知道，他是突然出現在紅巴的。」

木蘭花又吃了一驚，但是她卻不動聲色。

她只是冷冷地道：「我不知道！」

洛丁尼發出「嘖嘖」的聲音來，表示可惜，他又道：「你應該知道的，蘭花小姐，一位著名的齊密教授，將他當作了狼童！」

木蘭花的心不禁向下一沉，洛丁尼提到了齊密教授未曾問世的那一部著作了！

洛丁尼又得意地笑了起來，道：「我對他的一切都沒有興趣，但是你知道麼？當瞎子出現的時候，他身上所穿的腐臭的老鼠皮上，綴滿了寶石！」

洛丁尼講到這裡，像是喝了酒一樣，突然現出一種異常的興奮來，連臉也紅了，他道：「那證明在那地方，全是各種值錢的寶石！」

木蘭花冷冷的道：「好一篇探險獵奇小說的題材！」

洛丁尼又逼前兩步，道：「絕不是，小姐，你知道得比我更清楚，因為你已到過達華拉宮，只不過你未曾找到地道的入口而已！」

木蘭花的態度顯得更冷漠，她道：「我沒有興趣！」

洛丁尼笑著，道：「你非有興趣不可，小姐，我們要你帶路！」

他一面說，一面將手提機槍擱在一張椅子的背上，他的手指，仍然按在槍機上，他左手自衣袋中，取出一具無線電對講機來。

他按下了對講機的掣，對講機中發出了一陣「嗚嗚」聲，接著，洛丁尼便道：「你們三個膽小鬼，溜到什麼地方去了？」

對講機中，傳出了一個男人的聲音，道：「我們在巷口！首領，你沒有事麼？」

「你們快來！」洛丁尼吼叫著，「來兩個人！剩下一個，將車子開到門口來，我們已經有一位美麗的東方小姐做嚮導了！」

對講機中，又傳出了另一個男人的聲音，道：「首領，那女人……那女人凶得很，她肯和我們合作？」

洛丁尼笑著道：「少廢話，快來！」

他收起了對講機，仍然用雙手握著槍。

屋子外面的那巷子十分靜，是以木蘭花可以清楚地聽到一輛車子駛進來的聲音，接著，便是兩個人小心翼翼地走了進來。

那兩個人，正是木蘭花來這裡的時候，最早遇到的那兩個漢子，他們一走進來，看清了屋子中的情形，他們立時活躍了起來。

他們不住地說著恭維洛丁尼的話，洛丁尼喝道：「少廢話，快拿冷水淋醒漢德，花園中昏過去的是什麼人？是卡羅麼？」

那兩個人忙道：「是的。」

洛丁尼道：「將他也淋醒，我們要和這位美麗的小姐一起離去，這位小姐會將我們順利地帶到達華拉宮去，我們會得到數不清的財富！」

那兩個漢子忙碌起來，用冷水淋醒了那面貌陰森的漢子漢德，又在花園中淋醒了卡羅，這兩人醒過來的時候，身子搖晃著，根本不知發生了什麼事。

過了十分鐘以上，他們才清醒了過來，洛丁尼用槍口指著木蘭花道：「走，上車，到我們的地方去，告訴我們如何才能到達達華拉宮。」

木蘭花並沒有反抗的機會，她剛才還在希望，那兩陣手提機槍的槍聲會驚動警察，會有人到這裡察看一下發生了什麼事。但是這裡實在太僻靜了，是不是有人能聽到槍聲，只怕也成疑問！

在那樣的情形下，木蘭花除了聽從洛丁尼的命令之外，實在沒有任何的辦法可想，她慢慢地站了起來，向外走去。

當她經過奇異先生的屍體，行向門口的時候，她不禁苦笑了一下，事情竟然會出現那樣的變化，那是她絕對想不到的！

奇異先生就這樣結束了他的生命，他逢人便說達華拉宮，自然也提到了宮中的珍寶。奇異先生顯然想不到，生活在光天化日之下的人，是如何地貪婪，如何地醜惡，為了錢財，可以做出任何事情來！心地比在黑暗中生活的人要險惡得多！

木蘭花走到了門口，洛丁尼緊隨在她的身後。

木蘭花一直被威脅著進了車廂。

停在門口的，是一輛黑色的大房車，木蘭花坐在前排，在她的身邊，一邊是一個司機，另一邊，則是曾吃過她苦頭的漢德。

在車子的後排，擠了四個人，木蘭花的後腦抵著一支槍。

從感覺上，木蘭花已可以知道，那並不是洛丁尼的手提機槍，而是一支裝有滅音管的手槍。看來，洛丁尼是一個很老練的犯罪分子，他知道車在路上行走，用手提機槍威脅著人，是不安全的。

車子經過鬧市，駛得十分快，然後又迅速地轉進了郊區，在郊區的公路上飛駛著，又轉進了一條小路，駛進了一道鐵門，停在一座大花園洋房之前。

洛丁尼在車子停下之後，奸笑著道：「蘭花小姐，我們的臨時總部還不算太差，是不是？我們是花了本錢的，所以我們必須成功！」

木蘭花並沒有出聲，她仍然在幾支槍口威嚇之下，走出了車子，當她走進那房子的時候，她就知道，洛丁尼的確有找到達華拉宮的決心了！

因為，那房子地下的大廳中，幾乎沒有什麼傢俱，但是堆著很多東西，木蘭花一看到那些東西，就知道那全是森林探險用的。

客廳中還有一個人在，那人用訝異的目光望著木蘭花，洛丁尼吩咐將門關上。其實在這裡，他們盡可以任意做任何事情，因為，在這幢屋子的半哩之內，沒有任何其他的房屋，洛丁尼的確揀了一個好地方。

洛丁尼在門關上之後，便道：「蘭花小姐，我們本來一共是七個人，現在，連你是八個人了！」

「別將我也算在內！」木蘭花冷冷地說著。

但是洛丁尼卻繼續自顧說道：「在我們找到了那古代的王宮之後，我們會發現大批珍寶，我們將所得分成十份，我得三份，你們每一人都得到一份，這樣的分配辦法，公平麼？」

那六個漢子齊聲道：「公平！」

洛丁尼向木蘭花望來，道：「你呢，小姐？」

木蘭花搖著頭，道：「你是在幻想，你根本得不到什麼珍寶！」

洛丁尼的面色一沉，道：「小姐，你那樣做，對你來說，一點好處也沒有，我提醒你一件事情，我們共七個男人，而你，是一位美麗的女性！」

木蘭花的心中，不禁感到了一股寒意！

她自然明白，洛丁尼那樣說，是包括著什麼樣的威嚇成分在內的，而現在，她是真的處在孤立無援的情形之下，她在仰光的機場中，曾和穆秀珍通了一個長途電話，將簡單的經過情形告訴了穆秀珍。

在電話中，她還答應穆秀珍，只要探險隊一組成，就立即通知她前來參加，那樣，穆秀珍是絕對想不到她會遭到意外的。

而事實上，穆秀珍就算知道她遭遇到了意外，又有什麼用？穆秀珍又怎知道她被洛丁尼困在這裡？

所以，木蘭花考慮到目前的情形，她不能夠再這樣堅持下去了，她冷笑了幾聲，道：「好的，不錯，我見到達華拉宮，但是那只是一個廢墟！」

洛丁尼興舊地道：「你終於肯說實話了，那樣比較好得多，我們可以在廢墟之中找到大批的珍寶，使我們成為大富翁！」

木蘭花又冷冷地道：「在那廢墟中，儘是有毒的荊棘和大大小小數以萬計的蛇，你們之中，可能每一個人都要付出生命來做代價！」

洛丁尼笑了起來，道：「要成為大富翁，總得要付一些代價的，小姐，現在，請你開始工作，你得先檢查一下，我們還需要添購些什麼。」

木蘭花緩緩地走向那堆物資，她既然沒有反抗的餘地，就只好暫時和洛丁尼他們採取合作的態度，以免吃眼前虧，她作了最壞的打算。最壞的打算是，她一直得不到轉變處境的機會，而不得不跟著他們到叢林去！

木蘭花相信，到了叢林之中，她會有很多方法對付這七個匪徒的！

穆秀珍是嚷叫著衝進來，然後，一把拉住了正在對著一題微積分傷腦筋的安妮，將她拉得向外一直奔了出去的。

安妮根本聽不清楚穆秀珍在叫些什麼，她直到被穆秀珍拉到了門口，才定了定神，道：「秀珍姐，什麼事情啊！」

穆秀珍大聲道：「找高翔去！」

安妮嚇了一跳，道：「找高翔哥做什麼？」

穆秀珍睜大了眼，道：「你怎麼了？你還不知道？」

安妮有點啼笑皆非，道：「秀珍姐，你叫嚷著衝了進來，拉著我就走，我知道什麼了？可是蘭花姐有了什麼消息？」

穆秀珍笑著，在安妮的鼻尖上按了一按，道：「算你這小鬼頭腦聰明，告訴你，我接到蘭花姐自仰光打來的長途電話！」

「她怎麼說？」安妮忙問。

「她已找到了那座達華拉宮！」

「啊！」安妮高興地叫了起來，拍著手，道：「那太好了，她也找到了那些世世代代都住在地道中的人？是不是？」

「沒有，她說，正在設法要當地政府組織一個探險隊，還說探險隊一成立就通知我，要是我等得及，那倒好了！」穆秀珍連珠炮也似地說著。

安妮的話還沒有說完，穆秀珍又已打斷了她的話題，道：「我明天就到仰光去，四風也去，你去不去？我們找高翔一起去！」

「那麼你打算——」

安妮高興地叫了起來，道：「我當然去！」

可是她在叫了一聲之後，卻立時又靜了下來，道：「可是，蘭花姐若是見到了我們，那麼，她一定會責罵我們的。」

穆秀珍笑著，毫不在乎地道：「怕什麼，至多讓她埋怨一頓，她總不能把我們趕回來！」

安妮伸了伸舌頭，道：「好！」

7 冒失鬼

她們一起上了車子，直駛到了警察局門口，穆秀珍幾乎又是一路嚷叫著，走向高翔的辦公室。

當高翔好不容易令穆秀珍安靜下來，並且由安妮告訴他究竟發生了什麼事之後，他也高興了起來，他道：「好，明天就走，反正這幾天我也沒有事！」

他們三個人一起到了雲四風的辦公室，他們一直在商量著叢林探險的事，直到第二天下午，他們上了飛機，高翔才問道：「蘭花在什麼地方？」

穆秀珍呆了一呆，探過頭來，問坐在前面的安妮，道：「蘭花姐在什麼地方？」

安妮睜大了眼，道：「秀珍姐，我怎麼知道？蘭花姐是和你通長途電話的啊！」

穆秀珍抓著頭，苦笑道：「她沒有告訴我！」

雲四風道：「好啊，冒失鬼，連蘭花住在什麼地方也不知道，就將我們拉上了飛機！」

穆秀珍的拳頭在雲四風的鼻尖前晃著，道：「我警告你，你再叫我冒失鬼的話，我就對你不客氣，叫你嘗嘗我的老拳！」

雲四風縮了縮頭，大笑著道：「老公也打得的嗎？」

安妮著急道：「別開玩笑了，我們到了仰光，如果找不到蘭花姐，豈不是糟糕。」

高翔笑道：「那倒不致於，蘭花一定住在酒店中，我們先安頓下來，一家一家酒店打電話去問，總可以找得到她的。」

安妮又道：「是啊，還有那瞎子，我知道他的地址，蘭花姐一定會和他聯絡的。」

穆秀珍道：「是不是，我早就知道這是沒有問題的！」

他們四個人的心情都很輕鬆，可是，等到他們一到了仰光機場之後，他們每一個人的心頭登時都變得沉重起來了！

使得高翔等四人心頭登時沉重起來的原因，是因為他們才一走出機場，便看到報攤上的報紙都登載著「奇異先生」被謀殺的新聞！

穆秀珍連忙買了好幾份報紙，他們就站在路邊，看著那條新聞，報上的記載很詳細，說「奇異先生」的來歷，原來是齊密教授在緬北發現的一個「狼童」，可是在所有記載之中，卻沒有提到木蘭花。

安妮握著報紙，著急地在路上踱來踱去，她不信地道：「怎麼辦？那瞎子被人謀殺了，可以說，蘭花姐一定遭到了意外！」

高翔的雙眉緊蹙著道：「你們先到酒店去，我去找當地的警方聯絡一下，看看是不是有蘭花的消息，你們仍照原來的計劃，打電話到各大酒店去找尋她。」

穆秀珍忙道：「高翔，我和你一起去！」

高翔苦笑道：「又不是去打架，不必人多，我一個人去就行了！」

穆秀珍翻了翻眼，但是她卻也實在想不出自己憑什麼理由，要跟高翔到當地的警局去，是以她也沒有再說什麼別的。

他們在機場門口分了手，在分手之前，雲四風告訴高翔他們準備前往的酒店的名字，而高翔也說，一和當地警局取得聯絡之後，立時與他們會合。

二十分鐘之後，高翔已來到了一幢看來古老但是很巍峨的建築物，會晤了一位警官，他取出了國際警方給他的身分證明，那位警官立時將他帶到一間佈置得很精美的房間中，不一會，又有幾個警官走了進來。

為首的一位警官，頭髮已經花白，他和高翔熱烈地握著手，自我介紹道：「我是丹警官，高翔先生，你需要什麼幫助？」

高翔忙道：「關於那位『奇異先生』被謀殺的案子，我想獲知更多的內情。」

丹警官皺了皺眉，道：「這件案子，和別的城市有什麼關連？是不是那瞎子在世界各地巡迴表演之中，有什麼犯罪的勾當？」

「不是，」高翔搖著頭，「我想知道這件案子的詳情，是因為我有一個好朋友，她本來是要來找奇異先生的，但如今奇異先生卻死了！」

丹警官沉思著，還沒回答，另外一個年輕的警官附耳在丹警官的耳邊說了幾句話，丹警官的神色顯得十分驚訝，便聽得他道：「高先生，你說的那位好朋友，可是鼎鼎大名的木蘭花小姐？」

高翔道：「不錯。」

那年輕的警官道：「我們只知道木蘭花小姐曾經來過這裡，到北部的叢林地區去，最近又自己駕著飛機回來，她和奇異先生有什麼關係？」

高翔道：「奇異先生曾對蘭花說，他是從叢林地區的一座早已被埋沒的宮殿中來的，那座宮殿叫做達華拉宮，木蘭花就是來找那座宮殿的。」

丹警官大笑了起來，道：「那只不過是幻想而已。」

高翔的神情卻十分嚴肅，他道：「不，不是幻想，木蘭花在機場中和我們通過長途電話，她說她已在叢林中找到了那座被淹沒了將近一千年的宮殿！」

丹警官和其他幾個警官互望了一眼，臉上都現出了十分奇異的神情來。

高翔又道：「據我們所知，木蘭花和奇異先生正準備立即向貴國政府報告這件事，由貴國政府派遣一個探險隊，去發掘那座有著非凡價值的宮殿，可是，奇異先生卻被謀殺了！」

一個年輕的警官突然道：「那麼，會不會是木蘭花和那瞎子因為這件事發生了爭執，所以木蘭花將那瞎子殺死了？」

高翔一聽，雙肩陡地一揚，立時準備駁斥。

可是，高翔還沒有出聲，丹警官已面色一沉，毫不客氣地訓斥那年輕的警官，道：「你應該多去瞭解一下木蘭花的事蹟才來說話，而如果當你明白了木蘭花是怎樣的一個人之後，你就會明白你剛才所說的話，是如何地荒唐了！」

那年輕警官受了丹警官訓斥，滿臉通紅，低下頭去，不再出聲。

丹警官又道：「你們到這裡來，已發現木蘭花失蹤了？」

高翔忙道：「還不能那樣說，我們在來之前，並沒有和她聯絡過，也不知道她住在什麼地方，但是我們知道那瞎子的住址，我們知道木蘭花一定會和他聯絡的，可是他卻死了！所以我們料定，木蘭花也遭到意外。」

丹警官點著頭，道：「看來事情的確很嚴重，但是我們對奇異先生被謀殺一事，卻一點頭緒也沒有——對了，在現場，我們找到一支麻醉槍。」

高翔吃了一驚，道：「麻醉槍？可以給我看看麼？那正是木蘭花慣用的武器！」

「當然可以。」丹警官回答著。

一個警官立時走了出去，而高翔的心情也變得更加沉重，因為木蘭花的麻醉槍如果在奇異先生被殺的現場，又怎會遺落在發生凶殺案的現場？

那警官並沒有去了多久，便拿著一隻盒子走了回來。

打開那盒子，盒中是一把看來和普通手槍並沒有多大差別的小手槍，但是高翔一看到，身子便震了一震，面色也變得很難看。

丹警官問道：「怎麼樣？」

「那是木蘭花的東西。」高翔苦笑著。

丹警官站了起來，在房間中來回踱著，過了片刻，他才道：「高先生，那麼，對於整件事情，你可有什麼特別的見解？」

高翔道：「我想，那瞎子的住所中，一定曾有過很多人，如果不是很多人的話，木蘭花是不會失手的，而如今，木蘭花一定已經落在那些人的手中了！」

「可是，那些人又有什麼目的呢？」一個警官問。

「那座宮殿！」高翔立時回答，「奇異先生幾乎對每一個他所認識的人都提起過那宮殿，和那宮殿之中所藏有的珍寶！」

幾個警官的面色很嚴肅，望定了高翔。

高翔略頓了一頓，又道：「自然，沒有什麼人會相信在叢林之中真有那麼座宮殿，但是木蘭花既然信了，就也有別人可能會相信的。」

丹警官沉聲道：「你的意思是，另外有人去找奇異先生，想知道那座宮殿是在什麼地方，而木蘭花也在那裡，所以，奇異先生被謀殺，而木蘭花被擄走了？」

高翔道：「正是那樣！」

丹警官的眉心打著結，他又想了一會，才道：「如果我們的假定很接近事實的話，那麼，木蘭花的生命暫時不會有危險的。」

「我也那麼想，」高翔說：「那些人會脅逼木蘭花帶他們到叢林去，去找尋那座宮殿，沒有了木蘭花，他們自己是找不到的。」

丹警官陡地一揚手，道：「高先生，謝謝你，給了我們一項寶貴的線索！」他立時轉過頭去，道：「立時檢查所有入境外國人的背景，即使他們和奇異先生有些微的關係，也要開始注意他們。」

高翔道：「還有，他們如果要到叢林去，必然要購買許多應用的物品的，他們自然也將租用或購買特殊的交通工具，這方面也應調查。」

丹警官立時道：「對，動員一切力量，調查這方面的情形！」

幾個警官的神情也立時緊張了起來，他們立時走了出去，高翔忙道：「我會留在京都酒店，如果有什麼消息，請快通知我！」

「當然！」丹警官爽快地答應。

高翔和丹警官握了握手，離開了那幢古老、莊嚴的建築物。

當地的警方人員，也立時展開了廣泛的調查。

但是，就在高翔和丹警官會晤的時候，一架舊式、小型的運輸機，已經在機場起飛，目的地是緬北的紅巴鎮。

在幾乎沒有座位的機艙中，洛丁尼手中的槍，始終指著木蘭花，木蘭花坐在一隻木箱上，她的神色看來卻很平靜。

卡羅駕著飛機，飛機已很殘舊了，是以在飛行中，多少有點震盪，要在機艙中行走，幾乎是不可能的事，而事實上，機艙中堆滿了各種東西，連行走的空隙也沒有。

木蘭花冷冷地望了洛丁尼一眼，笑道：「你一直持著槍，手不酸嗎？」

洛丁尼悶哼了一聲，將槍交到了左手，槍口仍然對準著木蘭花，木蘭花打了個呵欠，道：「你太緊張了，在飛機中，我怎麼逃走？」

洛丁尼道：「我不想和你同歸於盡！」

木蘭花笑了起來，道：「這真是最滑稽的話，我值得和你們這種人同歸於盡？老實說，你們通過叢林的機會，只有百分之一！」

洛丁尼的面色很難看，他冷冷地道：「蘭花小姐，如果我們的機會只有百分之一，那麼，你生還的機會就要更少了！」

木蘭花只是淡然笑著。

她又打了一個呵欠，閉上了眼睛，不再說話。

飛機仍然在不平穩地飛著，木蘭花並沒有採取什麼行動，但是，那自然不等於說她不想採取行動，她是在想，自己應該如何做！

她已知道，當這架飛機在紅巴附近的空地降落之後，會有一輛中型的吉普車，在空地中接應，那是先到了紅巴的漢德準備的步驟。

然後，他們就會駕著那輛中型吉普車，向叢林中出發。

他們自然不會知道達華拉宮在什麼地方，一切都要靠她來指引。

木蘭花想到了這一點，不禁笑了起來。

在叢林之中，看來到處都是一樣的，木蘭花她當然記得通往達華拉宮的道路，可是她為什麼要去告訴洛丁尼正確的道路？

而且，木蘭花自信，他們雖然一共有六個人，但是在到達叢林之後，他們六個人就會像撲進了水中的狐狸一樣，凶也凶不到哪裡去了。

是以，木蘭花非但不感到緊張，她甚至在幾支手槍的威脅下，安靜地睡了一覺！

高翔到達了京都酒店，將自己和丹警官會晤的經過，告訴了雲四風、安妮和穆秀珍三人。

穆秀珍首先著急起來，道：「那我們該怎麼辦？」

高翔搓著手，道：「除了等候當地警方人員的調查之外，沒有別的法子可想，你們已打了所有酒店的電話，可有結果？」

「當然沒有。」安妮回答。

雲四風在房間中不住地走來走去，安妮忽然道：「高翔哥，如果你的推論不錯，那麼，那些歹徒和蘭花姐一定是先到紅巴去，因為只有以紅巴為出發點，才能夠找到達華拉宮！」

高翔剛坐了下來，可是一聽得安妮那樣說，他又直跳了起來，道：「你說得對，我怎麼沒有想到這一點，我要通知丹警官！」

他來到了電話前，立即和丹警官取得聯絡，將安妮的意見告訴了丹警官，丹警官道：「你想他們可能用什麼交通工具？」

「什麼交通工具都有可能！」高翔說。

「飛機呢？」丹警官問。

「自然也有可能。紅巴有機場？」

「沒有，但是小型飛機可以在附近的平地上降落，高先生，我們已查到，有一架小型飛機，由一個義大利人，叫洛丁尼的租用，機場方面說，他們是飛往北部去的，上飛機的一共有五男一女，六個人，那個女人，據說像是東方人！」

「木蘭花！」高翔忽叫了起來。

「極有可能是她。」

高翔忙道：「那我們還等什麼？」

丹警官道：「我們正在召集有叢林活動經驗的警員，他們到了紅巴之後，必定進入叢林，我本來不知道他們的目的地是紅巴，但現在，我可以立即和紅巴的警方連絡，注意他們的去向。」

高翔的手心有點冒汗，道：「不能強行攔截他們，因為木蘭花還在他們手中，你召集有叢林活動經驗的警員，需要多久？」

丹警官略想了一想，說道：「這大約要三四個小時。」

高翔立時道：「不必了，你可以省下這三四個小時。」

「什麼意思？」

「和我一起來的是安妮、雲四風和穆秀珍，」高翔說：「我們四個人，有著在一切困難的環境中活動的經驗，請你準備飛機吧！」

丹警官遲疑了一下，道：「高先生，我認為這是我們的事，你以為怎樣？」

高翔忙道：「不管這是誰的事，我們要爭取每一分鐘的時間，如果耽擱二四小時，可能他們已到達了那座宮殿，先行離開了，那時，遭受損失的是你們的國家。丹警官，快準備飛機！」

丹警官沉默了幾秒鐘，在那幾秒鐘之中，已滲出了汗珠來，但是丹警官終於道：「好，請你們立時到第二軍用機場來。」

「謝謝你！」高翔放下了電話。

他一放下了電話，便道：「我們走，蘭花已被五個義大利人威脅著，飛到紅巴去了，我們立即追上去，可能會追上他們的！」

安妮、穆秀珍和雲四風三人，都立時走向房間的門口，他們來到這裡，全然未曾作進入叢林的打算，他們可以說一點裝備也沒有，但是他們卻全知道，時間是耽擱不得的！

他們只知道木蘭花是在這個歹徒的手中，而且不知道木蘭花如今的處境是在怎樣的情形下，他們自然要爭取每一分鐘的時間！

在半小時之後，他們已經來到了位於郊外的第二軍用機場，丹警官已在機場的入口處等著他們，一起來到了一架小型飛機之前。

丹警官在飛機前下了車，道：「我沒有時間召集助手，所以，現在只是我們五個人前去，高先生，我知道你是駕駛飛機的能手！」

高翔向那架小飛機望了一眼，道：「駕駛這種飛機，我可以在一列火車的頂上降落，但是，我對飛行路線，卻不是十分熟悉。」

「那不要緊，我是你的副駕駛。」丹警官說，撫摸著他自己的白髮，「我正是在緬北的一個小村落中出生的，只不過離開家鄉很久了！」

穆秀珍心急，已經攀上了飛機去。

那飛機小得實在可以，安妮、穆秀珍和雲四風三人在機艙中坐下來之後，已沒有什麼空隙了，高翔和丹警官則坐在前面的駕駛位上。

高翔檢查了一下儀器，等到他肯定一切都正常之後，他向機外的地勤人員做了一個手勢，地勤人員立時退了開去。

螺旋槳開始轉動，飛機在跑道上向前緩緩滑去，在滑出了一百碼之後，速度陡地加快，緊接著，機頭昂起，飛機就升空了！

高翔的確是一個極為優秀的飛機駕駛員，他在升到了一定的高度之後，便保持著水平飛行，盡可能控制著最高的速度。

坐在高翔身邊的丹警官，則利用無線電話在和警方聯絡著，高翔等四人，也都可以聽得到警方向丹警官所作的報告。

警方的報告稱，根據機場方面的消息，那架飛機已經在接近紅巴，看樣子，他們一定會在紅巴的附近降落，紅巴的警方人員也已接到了通知，決定對這架飛機降落後的行動進行監視。

但是，紅巴是一個小地方，警方人員的力量十分薄弱，除了監視他們的行動之外，也不能有什麼別的行動可以採取。

丹警官的回答是：「通知紅巴警方，不必採取任何行動，但是必須為我們準備一輛吉普車，我們會在紅巴南部河邊的空地降落。」

丹警官放下了無線電話通訊器，轉過頭來，道：「看來，我們可以追上他們的。」

他講到這裡，頓了一頓，才又道：「你們相信，在叢林之中，真有一座一千年來沒有人知道的宮殿，有這個可能麼？」

安妮立即道：「蘭花姐既然說她已見到了那座宮殿，那麼，一定是真的，在這座宮殿的地道中，可能有近一千年未曾與外界接觸的人！」

丹警官的神情更加驚訝，道：「你說什麼？」

安妮將奇異先生的敘述和木蘭花的研究所得，詳細地講給丹警官聽。

丹警官聽得很專心，可是等到安妮講完之後，他卻搖著頭道：「那是不可能的，事實上怎可能有這種事？」

雲四風道：「世上可能有任何事情！」

丹警官苦笑了一下，道：「或許是，反正我們只要找到木蘭花，她就可以帶我們到那座奇異的宮殿去，一切也都可以揭曉了！」

穆秀珍對丹警官的懷疑，多少有點憤怒，她道：「對我們來說，一切全是肯定的事，那宮殿的地道中，一定有人在！」

丹警官笑了笑，托著頭在沉思著。

飛機仍然在向前飛著，很平穩。

在他們講話的時候，高翔一句話也沒有說，他全神貫注地在駕駛，將這架小飛機的性能盡量發揮。

高翔的駕駛術再好，但是，他駕駛的飛機，比洛丁尼的那架飛機遲起飛了將近三小時之久，自然不可能追上洛丁尼的那架飛機。

自然，在軍事機場上也有噴射機，如果他們利用噴射機的話，就可以趕得上，可是噴射機卻無法在平地上降落。

而單是在空中追上了洛丁尼的飛機，是起不了任何作用的，木蘭花也在飛機上，他們總不成在空中將飛機打了下來。

當高翔控制著飛機，漸漸減低高度時，他們已可以看到紅巴鎮，和鎮附近的那道河流，以及河流旁邊的樹木間隔中的平地。

高翔迅速地將飛機降到離地面只有幾十尺的高度，然後，飛機的雙輪滑過平地，飛機在平地上連打了兩個轉，停了下來。

他們的飛機才一停下，一輛吉普車便自河邊的樹林中駛了出來，丹警官先跳下了飛機，吉普車也已駛到了河邊。

在吉普車上，有兩個警員，丹警官向他們表明身分，那兩個警員行了敬禮之後，道：「那架飛機降落在鎮的北部。」

「機上的人呢？」

「機上六個人，一下機之後，就有一個外國人，駕著一輛中型吉普車迎接他們，他們在飛機上搬下很多東西，穿過鎮市，向前駛去。」

「那是什麼時候的事？」高翔也下了飛機。

「兩小時之前！」那警員回答。

高翔吸了一口氣，兩小時，那並不是一個短時間，他們是不是可以追得上，還大有問題。

丹警官又道：「我要的東西呢。」

那警員向車上一指，道：「全在這裡了！」

高翔向車上看去，只見那是五把來福槍，一些繩索，幾把利器，還有一大箱，可能是乾糧，車中還放著幾箱汽油。

丹警官也向那些東西看了看。他轉過頭來，道：「要裝載這些東西，在叢林中長期作戰，自然是不夠的，但是時間倉猝，我們只能準備這些，上車吧！」

他們紛紛上了車，那兩個警員已無法在車上藏身了，是以他們將車子讓給了他們五人，丹警官駕著車，立時向前駛去。

當他們架著車，穿過紅巴鎮的時候，天色已漸漸黑下來。

他們經過紅巴鎮的警局，一個警官上了車，道：「那輛中型吉普車是從鎮西進入叢林的，可是，那女的不像是受著威脅！」

高翔呆了一呆，忙道：「你是說——」

那警官道：「我看她的神色很安詳，我們的人手實在太少，而他們又明顯地帶著武器，所以，我們才沒有動手，但是我利用遠程攝影機，拍下了他們的照片，我已沖洗出來了！」

那警官將幾張照片交到丹警官手中，丹警官停下了車，他們一起看著照片，照片拍得很清楚，七個人在一架中型吉普車之上，木蘭花被三個人圍在中間。

的確，正如那警官所說，木蘭花的神色很安詳，絲毫不像是一個受著威脅的人，高翔看到了那樣的照片，多少放心了一些。

丹警官又駕車向前駛去，那警官一直跟著他們，直到出了鎮子，他才指著一條高低不平的路，道：「他們是從這條路駛向前去的。」

丹警官道：「如果我記得不錯，那條路通向河邊，可以沿著河向前駛去。」

「是的，」那警官回答，「那是唯一可以行走車子的道路，他們一定也是由這條路向前走的，除此之外，他們只好步行了！」

穆秀珍喃喃地道：「希望天黑下來之後，他們會停下來，那麼，我們就可以追上他們了！」

那警官已跳下了車子，但是他聽得穆秀珍那樣說，停了一停，仰起頭來道：「小姐，夜間行車是一件很危險的事。」

丹警官道：「我知道，別忘了，我也是在叢林中長大的！」

那警官笑著，向丹警官行著禮。

丹警官已經將車子駛上那條路面高低不平的路上，車身劇烈地顛震了起來，而天色也更黑了！

8 恐怖地道

天色更黑下來時，洛丁尼的車子正沿著河在向前疾駛，河水在黑暗之中，反射出一種十分奇異的光彩來，充滿了神秘。

在河的另一邊，則是莽莽蒼蒼的叢林。

在黑暗之中看來，叢林更是一片漆黑，叢林之中並不是極度沉靜的，而是有各樣古里古怪的聲音，不斷地傳出來。

洛丁尼等六人顯然不知道叢林是那樣子的，是以他們的神色看來都十分緊張，他們不時望著叢林，一句話也不說。

木蘭花則輕鬆地笑著道：「現在，我們只不過是沿著河在行駛著，等到真正進入叢林之後，車子是沒有用處的，我們必須步行！」

洛丁尼悶哼了一聲。

木蘭花又道：「到了那時，你們更會遇到許多意想不到的事。現在，應該停車了，我們決不能在夜間繼續前進的。」

洛丁尼的臉上充滿了殺機，冷冷地道：「為什麼？」

木蘭花聳了聳肩，道：「如果你們不怕毒霧的侵襲，自然可以繼續開車。」

洛丁尼大怒道：「停了車，難道就不怕毒霧了麼？」

木蘭花冷冷地道：「我們全得爬上樹去，因為毒霧會集結在地面七八尺處，爬上樹去，就可以避開毒霧的侵襲，明白了麼？」

洛丁尼呆了片刻，駕車的漢德回過頭向他望來，洛丁尼點了點頭，道：「好，停車，我們先弄些吃的，然後爬上樹去！」

車子停在河邊，木蘭花仍然在槍口指嚇下。

如果洛丁尼他們知道，正有人在他們後面跟蹤著的話，他們是一定不肯停車的，但是，他們卻根本不知道這一點！

他們還以為，他們自己的行動是神不知鬼不覺的！

在天色黑了以後，丹警官便打開了那木箱子。

高翔以為那箱子中是乾糧，等到丹警官打開了箱子之後，他才看到，那是防毒面具。

穆秀珍奇道：「要防毒面具幹什麼？」

丹警官微笑道：「有了它，我們才能在夜間趕路！」

他們各自從箱中拿出防毒面具戴上，丹警官熄了車頭燈，車子就在黑暗之中，向前行駛著。

高翔他們最先看到前面有一堆火光，一看到那堆火光，丹警官便立時停下了車，取出望遠鏡來，高翔也以一具小型的望遠鏡向前望過去。

那時，霧已開始結集了，向前看去，很是模糊。

但是他們可以看到，在那快要熄滅的一堆篝火之旁，是一輛中型吉普車！

但是，在火堆和車子的附近，卻並沒有人。

高翔他們使用的防毒面具，全是在紅巴警局中找出來的第二次世界大戰時遺留下來的東西，在防毒面具之中，並沒有無線電話設備，他們也不能互相交談。

穆秀珍自高翔的手中搶過了望遠鏡來，她也看到了眼前的情形。穆秀珍是一個性急的人，她一手去掀防毒面具，準備講話。

幸而在一旁的雲四風眼快，一看到穆秀珍要去掀動防毒面具，連忙伸手將她的手打了開去。

穆秀珍轉過頭來，透過防毒面具上的玻璃眼罩，雲四風可以看到穆秀珍正瞪著他，雲四風忙做了一個手勢，指了指在他們四周圍結集越來越濃的乳白色的毒霧。

這時，丹警官拿起一塊小型的黑板來。

他在黑板上寫道：「我們已追上他們了。」

高翔接過了粉筆來，寫道：「他們人在什麼地方？」

丹警官又寫道：「他們一定是在樹上躲避毒霧，不會離火堆太遠，我們不要分開，下車步行尋找他們，記得，聽我的號令！」

高翔、雲四風、穆秀珍和安妮四人都點著頭。

他們一起下了車，丹警官熄了汽車引擎，他們五個人一起向前走去，手拉著手，當他們來到那輛中型吉普車的旁邊時，霧更濃了。

雖然他們都戴著防毒面具，可是那種濃霧沾在他們露在衣服外的皮膚上，也有一種說不出來的不舒服之感，像是有許多小蟲在皮膚上爬行一樣。

他們在車旁停留了片刻，高翔和丹警官都伸手在車頭蓋上摸了摸，車頭蓋上有著微溫，可知他們停車不會超過一小時。而且，從常理來推斷，他們也絕不會離得太遠的。

在濃霧中，丹警官向他們四人做了一個手勢，一行五人悄悄向叢林中走去，他們只走進了林子十來碼，便聽到了一陣咳嗽聲。

接著，便是一個男人的聲音，粗聲粗氣地在罵道：「媽的，我的喉嚨在發癢，是不是我們躲得還不夠高，那毒霧真古怪。」

另外有一個人喝道：「少囉唆，你不是看到霧在我們腳下嗎？」

一聽到有人交談聲，丹警官等五人，立時停了下來。

在那樣的地方，夜晚樹上有人交談，毫無疑問，一定是那六個義大利歹徒了，那麼，木蘭花是不是在這樹上面呢？

他們五個人停了下來之後，每一個人的心中，都產生了同樣的疑問，而他們的疑問，立即獲得了解答。

他們並不是聽到了木蘭花的聲音，而是聽得又有一個人道：「我們不必看守得那麼嚴了，樹下全是霧，她能夠逃得了麼？」

可是那人的話，立時又受到了一個人的駁斥，那人道：「你知道什麼？我們一定要有兩個人不睡，輪流看守著她，別忘了，她是木蘭花。」

另外，又有幾個人嘀咕了幾句，又是一陣咳嗽聲，接著，便靜了下來。

穆秀珍忙拉著高翔的衣服，伸手向上指了一指。

穆秀珍心急，但是高翔又何嘗不心急？然而在如今那樣的情形下，他們卻不能做什麼，地面八九尺高度，全是毒霧，木蘭花是無法下來的，除非她也有防毒面具！

所以，高翔只是攤了攤手，又拉了拉丹警官的衣服，向他們停車的方向指了一指，又向自己的防毒面具輕輕地拍著。

在車上，還有兩個防毒面具，丹警官立時明白了高翔的意思，是要先回到他們的車子，去取一個防毒面具來再說。

丹警官在遲疑了幾秒鐘之後，點了點頭，但是他卻向自己指了指，表示他和高翔一起去。然後，他又轉過身來，向穆秀珍等三人做著手勢，要三人絕不可離開，也不能發出任何聲響來。

穆秀珍雖然心急，可是她卻也知道，在如今這樣的情形下，只有出其不意，才能夠救出木蘭花來。等到那六個歹徒一有了防範，那就麻煩了，是以，她首先點頭，表示答應。

高翔和丹警官兩人，手拉著手，悄悄走了出去，他們走得十分小心，每一腳踏下去，都是輕輕的，不讓地上落葉發出聲音來。

他們兩人才走出了幾步，雲四風、穆秀珍和安妮就已經看不見他們了，濃霧在他們三人的身邊蕩來蕩去，越來越濃。

他們足足等了半小時之久，穆秀珍已不耐煩得手揮個不停，才看到高翔和丹警官兩人，突然從濃霧之中冒了出來。

他們兩人的出現，是來得那麼突然，以致穆秀珍反倒嚇了一跳。

高翔的手中，拿著另外一個防毒面具，穆秀珍立時向上指著，表示她要爬上樹去。

高翔搖著頭，已經走向樹幹，他將另一個防毒面具掛在頸上，然後，雙手抱住了粗糙的樹幹，慢慢地向上爬去。

他知道那六個歹徒，就在那一株大樹上，是以，他的行動必須特別小心。濃霧可以遮蓋人的視線，但是卻不會使人的聽覺失靈，如果他弄出了什麼聲響來的話，那麼六個歹徒就會有所警覺了。

高翔在爬到了有橫枝的地方時。他的雙腳踏在橫枝上，那時，他的身子還是傴僂著的，他聽到就在不遠處，有酣聲傳出來。

高翔慢慢地直起身子來。

當他的身子完全挺直之後，他的頭已有一大半冒出了濃霧，他向前看去，眼前是一片奇異，白茫茫的濃霧，像是水面一樣的平，而在霧上面，卻是十分清明，一點霧也沒有。

高翔也看到，就在離他只有三四尺的樹枝上，有兩個人正在倚著樹幹睡覺，再過去些，在橫枝上，又有兩個人，看來也在瞌睡。

當高翔緩緩轉過頭去時，他看到了木蘭花。

木蘭花也坐在橫枝上，靠著樹幹。

就在木蘭花的前面，有兩個人，手中持著槍，對準了木蘭花，木蘭花閉著眼睛，也不知道她是不是睡著了。

那兩個持槍對準了木蘭花的人，卻在接連打著呵欠。

高翔離木蘭花十分近，大約只有七八尺左右，高翔看清楚了這情形，腳踏在樹枝上，雙手攀住了在他身邊的樹枝，慢慢向前移動著，不多久，他已經來到伸手可以碰到木蘭花的地方了。

木蘭花好像已有了警覺，高翔看到她突然睜開眼來。

高翔這時，就在木蘭花的身子下，如果木蘭花低一低頭，那麼，她一定可以看到有大半個防毒面具露在濃霧之外。

大半個防毒面具是很可怕的，木蘭花乍然之間看到的話，可能會嚇一大跳，高翔就是想到了這一點，是以才突然縮了縮頭的。

當他又完全縮進了濃霧之中的時候，他心中迅速地在轉著念，同時，也已經取出了麻醉槍來。

這時候，他要射中那兩個人，可以說是輕而易舉的一件事。

可是問題就在，當那兩個人跌下去的時候，必然吵醒其餘的四個人，木蘭花是不是來得及在他們開槍射擊之前，戴上防毒面具呢？

不然，反而害了木蘭花。

高翔知道木蘭花是一個動作極之敏捷的人，他更知道，只要讓木蘭花有所準備的話，木蘭花是一定可以做得到這一點的。

然而，他如何使木蘭花可以有所準備呢？

高翔不能伸出頭去，因為他戴著防毒面具，那會使木蘭花嚇上一跳，那麼，他只好伸出手去了。

他的小指上戴著一枚戒指，木蘭花會認出那枚戒指來的。

雖然那樣做也很冒險，但除此之外，再沒有別的辦法，而且木蘭花是一個夠鎮定的人，她不見得會大驚小怪叫起來。

高翔打定了主意，便從濃霧之中慢慢伸出手去，他先拉了拉木蘭花的衣角，然後，鬆開了手，將手伸出了濃霧。

他可以感到，木蘭花的身子震動了一下。

在那片刻間，高翔也不禁緊張得心口怦怦亂跳了起來，但是，那只是極短的時間，他立時感到木蘭花已握住了他的手，那顯然是木蘭花已認出他那枚戒指來了。

高翔在那剎那間，心中的高興實是難以形容，他也緊握住了木蘭花的手，然後，將木蘭花的手拉下來，將防毒面具交到她的手中。

木蘭花的手在防毒面具上撫摸了一下，立時做了一個明白的手勢，握住了防毒面具，高翔這才緩緩地冒出大半個頭來。

他看到木蘭花的臉上還有驚訝的聲色，顯然木蘭花絕難想像，何以高翔會突然出現在她的身邊。

而在木蘭花對面的兩人，竟然毫無所覺。

高翔一冒出了濃霧，麻醉槍便立時發射了兩槍。

兩支麻醉槍射在那兩個人的臉上，那兩個人呆了一呆，一個道：「咦，那是什麼？」

另一個怪叫：「你臉上有一支針！」

然而，他們每一個人只有機會講了那一句話，身子一側，便向樹下直跌了下去，在樹上的那四個人立時驚醒過來。

可是木蘭花在那短短的幾秒鐘內，已經戴好了防毒面具，一縱身，自樹上跳了下來，高翔也立即落下，落到她的身邊。

只聽得樹上，洛丁尼發出了一下怒吼聲，道：「木蘭花逃走了！」

另外一個人以極其疑惑的聲音道：「下面全是毒霧，她怎敢逃走？」

洛丁尼怒道：「什麼毒霧，那全是她編出來的鬼話，我們上當了，快去追她！」

高翔和木蘭花兩人已躲到了樹後，他們聽到樹枝彈動的聲音，和四個人相繼跳下來的聲音。

那四個人幾乎才一到了濃霧中，便立時嗆咳了起來。

洛丁尼怪叫道：「真是有毒的，我們——快爬上去！」

另外三個人道：「我已不能呼吸了，我——」

接著，便是幾個人在地上打滾的聲響，高翔忙拉著木蘭花向前走去，當他們走出幾步之後，就看到穆秀珍也從霧中冒了出來。

他們三個人，立時和丹警官、雲四風、安妮會合，一起來到了河邊，到了河邊之後，跳上了那輛中型吉普車，丹警官駕著車，向前駛了出去。

一直到他們車子發動的時候，他們還可以聽到洛丁尼那幾個人，在叢林中發出劇烈的咳聲和尖叫聲。

車子一直沿著河向前駛著，到了天明時分，濃霧完全散盡，明媚的陽光照在河水上，發出閃耀的光芒來，他們一起除下了防毒面具。

木蘭花第一句話就問道：「那六個人會怎樣？」

丹警官道：「他們的呼吸系統會受到嚴重的損害，如果他們駕著我們的車子，立時趕回紅巴去，還可以得到治療。」

「如果他們不回去呢？」高翔問。

「那麼他們會死在森林中，」丹警官回答，「不過，我想他們會回去的，我可以在紅巴的醫療站中找到他們，將他們帶回去定罪！」

高翔指著丹警官，道：「蘭花，這位是丹警官，我們多靠他幫助，才找到你的。」

木蘭花笑道：「是啊，你們是怎麼會來的？」

穆秀珍搶著敘述著事情的經過，她一個人不斷地講著，根本不許任何人插口，等她講完，雲四風才笑著問：「你還有話要說嗎？」

穆秀珍一瞪眼，道：「自然有，我現在肚子餓了！」

每一個人都笑了起來，他們在河灘上停了車，洛丁尼攜帶的食物十分豐富，他們生了一堆篝火，一面吃著東西，一面聽木蘭花講述她第一次探險的經歷。

幾個人全都聽得出了神，丹警官更是全神貫注，等木蘭花講完，他忙道：「那座宮殿中，你已看到有許多寶藏了？」

「是的，」木蘭花回答，「但是我想，我們只要找到地道的入口處，一定可以在地道中發現更多的寶藏，那一定是極驚人的。」

丹警官用力握著木蘭花的手，道：「真要感謝你有那麼了不起的發現，我們先去勘察一下，然後，立即再通知政府，組織探險隊！」

木蘭花道：「我也是這意思，我真想知道，那座宮殿是不是有地道，而地道中，又是不是有幾百年來與世隔絕的人。」

他們吃完了東西。休息了一會，輪流駕駛著向前去。

到了下午，他們已來到了宮木、太倉和小澤那三個日軍搭成的高架茅屋之前，他們都聽木蘭花講起過那三個日軍的事了。

他們在屋前略停了一停，就繼續前進，到了天色將黑時，他們已不得不棄車步行了，因為再向前去，根本已沒有道路了。

當晚，他們在樹上休息了一夜，他們都很疲倦了，是以雖然是在樹上，睡得很好，只有穆秀珍睡到了半夜，一個翻身，幾乎跌了下去，幸好她立時抓住了一根樹枝枝幹，驚醒了大家，又將她拉了上來。

第二天，由木蘭花帶著路，根據宮木留下來的記號向前走著，雖然是在叢林中跋涉，但是他們幾個人在一起講講笑笑，也不覺得疲倦。

他們一直在叢林中走著，到了第三天中午時分，他們已看了倒塌的石柱，再向前去，他們看到了被巨大的榕樹盤據的達華拉宮。

木蘭花向前指著道：「看！我才到的時候，以為那是一座山頭！」

「那是一座山頭啊！」安妮說。

「不，整個全是宮殿。那是一座極其雄偉的建築，我們走進去就可以知道了，裡面的房間，石柱，都還很完整，只不過除了毒荊棘、樹根之外，就是毒蛇！」

他們一行人，一面驚嘆著，一面從樹根之中擠了進去。

到他們置身在宮殿的大堂中時，丹警官激動地道：「這發現太偉大了！」

木蘭花道：「我們大家分頭去找一找地道的入口處，據奇異先生說，地道中有河流流過，可是，我看不到河流，我想，那一定是一條地下河道。」

丹警官道：「珠寶在什麼地方？」

木蘭花向前指著：「在前面的房間中，但是我認為我們最好別去移動那些珠寶，等到政府官員來接收，比較好些。」

丹警官立時道：「自然！自然！」

他們小心翼翼地行走著，先去看了看那些寶藏，然後開始每一間房間，每一個地方，尋找著地道的入口處，敲打著石壁，聽不見空洞的回音。

可是一直到天黑，他們還是沒有任何發現。

天黑了之後，他們全都集中在高處的一間房間中，木蘭花的雙眉緊皺著，穆秀珍在踱來踱去，道：「我們幾乎每一個角落都找遍了！」

安妮道：「不，有一個地方沒有找。」

穆秀珍忙道：「什麼地方？」

安妮道：「宮殿的大殿，那長滿毒荊棘的地方，我想，地道的入口處，一定是在那宮殿的地上某一處，不會在別的地方！」

雲四風苦笑道：「那就麻煩了，我們有什麼法子，可以除去生長得那麼密，足有四五尺高的毒荊棘？只怕組成了探險隊，也沒有辦法！」

丹警官徐徐地道：「辦法是有的！」

他講到這裡，略頓了一頓。

然後，高翔和他幾乎是同時開口的，他們只講了一個字，道：「火！」

木蘭花抬起頭來，驚訝道：「火？丹醫官，在叢林中如果放起火來，會不會蔓延開去？」

丹警官道：「不會的，一則，毒荊棘是長在大殿中，四面都有牆壁圍著，二來，荊棘容易著火，其他的植物不易著火。」

木蘭花「嗯」地一聲，道：「看來只有這個辦法了，但是火一起，不知有多少毒蛇、老鼠會竄出來，我們一點上了火頭，得立時盡可能逃開去！第二天一早，我們就放火燒荊棘！」

作出了決定之後，他們全倚在石牆上睡著了。

第二天一早，他們先搬了很多枯葉來，然後，才點著了火，當他們肯定這火不會熄滅，一定越燃越旺時，他們立時離開了達華拉宮。

當他們走出了至少有一哩之後，才停了下來。

那時，他們回頭看去，只見濃煙從叢林之中冒了出來，積集在半空之中，形成一種十分壯麗的景色，直到下午，濃煙漸漸稀了。

果然，正如丹警官所料，大火並沒有蔓延開來，但是木蘭花卻也著實提心吊膽了幾個小時，他們並沒有立時回到達華拉宮去。

他們又在樹上睡了一晚，第二天一早，肯定大火已完全熄滅了，才向前走去，當他們離得達華拉宮越來越近時，他們都聞到濃烈的焦味。

在達華拉宮牆上盤據著的榕樹根，全都被燒焦。當他們走進大殿時，他們不禁發出了一下歡呼聲來，那場火燒得太理想了。

整個大殿中，厚厚的一層毒荊棘，全被燒成了白色的灰燼，他們用樹枝將灰燼撥開，堆成了一堆，堆在角落中。

等到他們掃開灰燼時，才看到大殿的地面，是用許多六角形的石板鋪成的，但出於荊棘在數百年中，毫無抑制地滋長，是以石板全都被擠破了。

他們都放重了腳步，在石板上踏著。

穆秀珍最先大叫起來，道：「這裡下面是空的！」

她一面說，一面不斷地用腳在石塊上踏著，石板下面，果然發出空洞的聲音來，她用的力道太大了，將半塊石板踏得向下跌了下去。

地面上，立時現出一個空洞來。

穆秀珍忙向後退出了兩步，道：「真臭！」

每一個人都聞到了那股惡臭，丹警官急叫道：「快戴上防毒面具！」

他們一直退到了離那個地洞很遠的地方，直到戴上了防毒面具，才又接近，高翔和丹警官的手中，都持著強力的電筒。

當他們的電筒向下照去時，可以發現有石級通到下面去，他們手拉著手，一起向下走去，石階潮濕有滑膩，他們得走得很小心。

等到他們來到石階的最後一級時，高翔和丹警官揚起手電筒來，四面照著，一時之間，他們都呆住了，在他們面前的，是四通八達的地道！

地道全是一塊一塊大石砌成的，石上，長著霉白色的菌類，看來令人噁心，但是更令人噁心的，是許多肥大的老鼠在竄來竄去。

自然，菌類和老鼠都比不上他們所看到的那許多白骨來得可怕！

一具一具的白骨，有的長大，有的矮小，看上去，至少有幾百具之多！

他們向前走著，每一條地道中都有白骨。

其中一條地道，還有一扇鐵門，鐵門已經壞了一大半，電筒光芒照射進鐵門，鐵門中有十多具白骨。

在那地道的牆上，嵌滿了各式各樣的寶石！

他們已找到了達華拉宮的地道，但是地道中，卻一個人也沒有，只有白骨，那些白骨，毫無疑問，全是人類的骨骼！

他們在地道中並沒有逗留多久，便走了出來。

當他們離開地道之後，除下了防毒面具，每一個人的臉上都顯得十分蒼白，因為在地道中看到的一切，實在太駭人了。

丹警官的手中，拿著一根骨骼，安妮見了，吃驚地問道：「丹警官，這有什麼用？」

丹警官道：「我有用處。」

他們站在大殿中，在地道中看到的情形，令得他們一時都不想說話，突然，他們感到了一下震動，「轟」地一聲巨響，一塊大石落了下來。

木蘭花大吃一驚，道：「我們快走，宮殿要倒塌了，快！快！」

她拉著安妮，向外便奔了出去，各人忙跟在她的後面，隨著那塊大石的墜下，又有好幾塊大石相繼落了下來。

整座宮殿，都像是在岌岌搖動！

他們急急向前奔走著，等到他們從宮殿的正門奔出來之後，門前的兩根石柱也已倒塌了下來，接著，一株巨大的榕樹也倒了下來。

轟隆的巨響聲，越來越驚人了，他們在叢林中向前奔著，直到一下更大的巨響，更大的震動，將他們全都震跌在地上！

他們跌倒在地上，還未曾爬起身來，轉過頭去看時，便看到「山頭」不見了，整座達華拉宮已經場陷了下來，聲勢之猛烈，難以形容，石塊壓著石塊，發出震耳欲聾的轟隆聲來。

轟隆不絕的聲響，足足持續了半小時之久，整座達華拉宮已經消失了，在那半小時之中，他們幾個人，全呆得像木頭人一樣！

直到轟隆聲停止了，許多大榕樹也全倒在凌亂的石塊之上，穆秀珍才駭然道：「怎麼會，怎麼會忽然倒塌的？」

丹警官和高翔一起苦笑了起來。

木蘭花卻顯得十分平靜，道：「是那一場火燒出來的，那場火，將深入石縫中的樹根全燒成了炭。本來，樹根的深入，使建築更穩固，但是當石塊隙縫全部空了以後，自然就倒場了。可惜，我們竟一直未曾想到這一個問題，真可惜。」

丹警官苦笑著，道：「那些珠寶要再找出來，也十分困難，唉，我還是別向政府提這件事情的好！」

「這自然是最聰明的做法了！」高翔說。

安妮忙道：「可是，地道中為什麼一個人也沒有，只有死人的骨骼呢？」

木蘭花望著丹警官手中的骨頭，道：「這個問題，丹警官日後是可以有答案的。希望有了答案之後，立即通知我們。」

丹警官道：「自然！自然！」

其餘各人，都不知道木蘭花那樣說，是什麼意思。

他們的納悶，維持了七天之久！

七天之後，他們早已回到本市四五天。

那一天晚上，他們又聚集在一起，木蘭花道：「今天中午，我接到了丹警官的長途電話。」

「哦，他說了些什麼？」穆秀珍問。

「他從地道中帶出來的骨骼，經過化驗，證明那人死了只不過二十五年左右。」木蘭花說。

各人相顧愕然。

木蘭花道：「那還不明白麼？這證明奇異先生的話，句句都是真的，他們的確生活在那地道中，生活了將近一千年！」

「那麼，為什麼又全死了呢？」高翔問。

「這就不知道了，」木蘭花徐徐地說：「或許是一場瘟疫，奪去了他們全族人的性命，或許是由於別的原因，例如老鼠的遷徙，使他們沒有了食物，但那是二十五年前發生的事了！」

雲四風喃喃地道：「世上真有那麼多人，直到最近還生活在地道中，在地道中延續著生命，幾乎延續了一千年之久！」

木蘭花道：「這自然是值得奇怪的事，只是別忘記，在一些地方，有的人還在過著石器時代的生活，甚至還有穴居人！」

高翔嘆了一聲，道：「人類的文明，真是那麼值得驕傲嗎？」

穆秀珍突然跳了起來，拉開了所有的百葉簾，讓太陽曬進屋子來。

每一個人都知道她那麼做，是為了什麼，一想起那陰暗恐怖的地道，就會覺得陽光是多麼地可愛了！

蜜月奇遇

1 蹊蹺的邀請

木蘭花和高翔結婚了！

那應該是全市轟動的大事，但是，和穆秀珍結婚時恰好相反，高翔和木蘭花的婚事，卻是在靜悄悄的情形下舉行的。

他們請了一位牧師，在家中主持婚禮，就在木蘭花那幢精緻的小洋房之中舉行，請來的親友也只有二十個人左右。

雖然參加婚禮的人數不多，但是從上午起到中午為止，整幢房屋內，都洋溢著喜氣。

每一個人的臉上都掛著笑容，尤其是高翔，簡直是容光煥發，由於婚禮並沒有驚動什麼人，所以他根本沒有什麼可以忙的，但是他卻忙碌地奔上奔下，為了替木蘭花揀兩朵插在襟前的玫瑰花，高翔幾乎將花園中的玫瑰剪下了一小半來。

如果說，在整個婚禮的進行中，有人感到傷感的話，那麼就只有安妮一個人了，安妮知道，木蘭花和高翔已訂好了機票，下午他們就要上飛機，行李都已經運到機場去了，安妮她自然會到機場去送行。

而當她從機場回來之後，她就只剩下一個人了！

先是穆秀珍結了婚，在穆秀珍結婚之後，屋子中已經靜了很多，如今連木蘭花也走了。

木蘭花訂下的旅行計劃十分龐大。這些年來，木蘭花和高翔一直生活在極度的緊張中，他們對付著各種各樣的犯罪分子，幾乎沒有一天是在風平浪靜的情形下度過的，所以，他們要趁新婚蜜月的機會，好好地休息一下。

他們會到世界上最恬靜和平的地方去，為了不使人家打擾他們的計劃，他們要到什麼地方去，連安妮也不知道。

安妮只知道他們這一去，要整整三年！

三年！

她，安妮，一個人在這屋子中！

一想到這一點，安妮實在沒有法子不傷感。

但是，無論如何，木蘭花和高翔結婚，總使她的心中也感到高興，是以她竭力抑制著心頭的傷感，和大家一起歡樂著。

然而，木蘭花是最瞭解安妮的心情的，當她穿好了衣服，雲四風和高翔一起到教堂中去接牧師前來的時候，木蘭花將安妮叫到了身前。

她握住了安妮的手，望著安妮。

安妮想起即將來臨的長期的分離，雖然她的心中千百次地在告訴自己：不要哭，千萬不要哭，蘭花姐結婚，是值得高興的！然而，她的心中雖然那樣想著，她卻只覺得鼻子一陣陣發酸，淚水終於撲簌簌地落了下來。

木蘭花笑著，將她的頭抬得高些，道：「安妮，怎麼了？你不再是小孩子了，是不是？」

安妮一面流著淚，一面點著頭。

木蘭花道：「我下午就要走了，這次，我會去很久的時間，因為我實在渴望過平靜的日子，我希望在我回來之後，你至少已修完了大學課程！」

安妮的聲音十分哽咽，她道：「我會的。」

木蘭花拍著安妮的手臂，道：「在我走後，可能有兩種情形出現，這些年來，我們結下了不少仇家，他們全是十惡不赦的歹徒，他們知道我不在，可能會找你的麻煩。也有可能，他們會盡他們的可能，在世界各地找尋我們，不讓我平靜。」

安妮道：「蘭花姐，這個你不必擔心，我會應付的。」

木蘭花低低嘆了一聲道：「雖然我渴望平靜，但是我也寧願他們來找我了，安妮，只要我一有機會，我就會和你通電話的。」

安妮深深地吸了一口氣，她仍然在流淚。

木蘭花將雙手一起放在她的肩頭上，道：「好了，你看，汽車回來了，一定是牧師到了，我不喜歡在我的婚禮中有人哭！」

安妮忙抹著眼淚，止住了哭聲。

果然，穆秀珍已在樓下大叫道：「牧師來了，新娘子還不快下來。」

木蘭花拉住了安妮的手，一起走了下去。

婚禮在莊嚴肅穆的情形下完成，然後，所有的人都聚在一起，他們都非常珍惜每一分鐘時間的過去，因為在這歡樂聚會之後，將是長時間的別離。

終於，是應該到機場去的時候了，他們分搭三輛車去，到了機場之後，他們一直等在貴賓候機室中，直到登上了飛機，大批新聞記者才得到消息，趕到機場來，可是等到大批新聞記者趕到的時候，飛機已準備起飛，不准人接近了。

飛機是飛到夏威夷去的，許多記者都以為高翔和木蘭花的蜜月第一站是夏威夷，是以一時之間，機場的長途電話室中擠滿了記者。

他們是在通知他們的報館和通訊社駐夏威夷的人員，在夏威夷的機場上，對高翔和木蘭花這一對充滿了傳奇性的新婚夫婦進行訪問。

而另外一部分記者，則圍住了穆秀珍、方局長、雲四風、雲五風和安妮，在向他們問長問短。

幾乎所有的問題，全叫穆秀珍一個搶著回答了呢。

一個記者問：「為什麼他們兩個人要採取秘密結婚的方式？」

穆秀珍的回答很好，她道：「他們的結婚方式，一點也不秘密，有牧師證婚，也有親友參加，而且，是在光天化日之下進行的。」

「那麼我們怎麼事先不知道？」那記者又問。

穆秀珍大聲笑著，道：「為什麼要使你事先知道呢？」

那位記者瞪著眼，無話可說，而穆秀珍已拉著安妮走了出去。

剩下的記者，仍然圍住了方局長，在問個不休。

但是結婚是兩個人的私事，絕對沒有公開的必要的，方局長自然也說不出什麼來，他只是道：「據我所知，高翔和木蘭花已相戀了好幾年，他們兩人對本市都有著極大的貢獻，在我而言，希望他們更早些成婚！」

一位記者問道：「他們蜜月歸來，是不是仍像以前一樣，服務社會？」

方局長雙手一攤，道：「那要問他們自己才知道，我沒有權利去強迫他人的意志，任何人都不能強迫他人的意志，是不是？」

記者的採訪不得要領，自然只好寄望於夏威夷了。

而當第二天早上，幾家主要的日報上刊出木蘭花和高翔的結婚啟事之後，所有的報館也都接到了夏威夷方面的消息：

航機依時抵達，但查無木蘭花和高翔兩人！

木蘭花和高翔，的確未曾到夏威夷去。

他們的蜜月第一站是東京。

那班機在經過東京的時候，停留了半小時，那半小時本來只是例行的機械檢查，但是他們兩人事先和航空公司聯絡好，就在東京下了機。

而他們的行李，也早已運到東京了。

當木蘭花和高翔手拉著手，在機場大廈內走著，他們的心情輕鬆之極，那時，正是天將黑未黑時分，天氣很寒冷，下著霏霏的細雨。

他們兩人都翻高了大衣領子，他們完全沒有任務，只是在一起度歡樂的蜜月，在以後一段很長的日子中，他們完全可以不必理會任何事！

那真是賞心樂事，他們坐在餐廳中，等他們的行李運出來，高翔接洽好的汽車公司，也將他們租來的汽車開到了機場大廈。

高翔和木蘭花將行李放在車上，他們租用的，是一輛相當大的旅行車，他們準備連夜駛到離東京三百公里的一個小城去。

在那個小城中，他們已租下了旅店的房子。

高翔駕著車，吹著口哨，他雖然駛著車，但是他轉過頭來看木蘭花的時間，比他留意路上車輛的情形，還要多得多。

木蘭花始終帶著甜蜜的笑容，在嬌甜之中，更透著無限的嫵媚，而當高翔看得她太久時、她略現出嬌嗔的神色來，道：「撞車了！」

高翔嚇一跳，立時轉回頭去，他們兩人，又不由自主一起笑了起來。

相戀了多年，終於成為夫妻，那種洋溢在心頭的甜蜜滋味，實在不是局外人所能夠體會於萬一的。

路上交通很擁擠，可是他們卻一點也不著急，因為他們根本沒有事要做，他們在駛出了東京的範圍之後，天更冷了，下起雪來。

高翔將車頭燈的燈光加強，在燈光照射的範圍之內，雪花大片大片飄下來，情景更美麗，高翔甚至故意將車子的速度減低，來享受這份寧靜。

所以，當他們到達那間小旅店的時候，已經過了午夜了，小旅店中，根本沒有住客，是以對於高翔和木蘭花的來到，旅店的老闆娘高興得合不攏嘴來。

那旅店雖然是在城內，但是，面前卻有一大片空地，在雪花飄舞之中，聞到一股梅花的清香，有幾株老梅正吐著艷花。

木蘭花和高翔在那家小旅店中，住了七天。

那七天的生活，簡直像是神仙生活一樣，沒有任何的打擾，他們兩人在山坡上滑雪，在結了冰的河上溜冰，鑿開冰塊釣魚。

七天之中，有三天是大雪天，天晴了之後，他們又在花園之中，堆起了兩個大雪人，當他們要離開的時候，旅店的老闆娘連眼都紅了。

但是，他們仍然不能不離開，他們的第二站，是在北海道，那裡會更冷，但是也很靜，他們是租了一架小型飛機飛到北海道去的。

在北海道住了十多天，他們飛往阿拉斯加，有幾天的時間中，他們就住在愛斯基摩人的冰屋之中，享受著好客的愛斯基摩人的熱情的招待。

他們參加了愛斯基摩人獵取白熊的狩獵，用的方法，幾乎完全是原始的，不是真正勇敢的人，絕不敢參加那樣的狩獵的。

當他們離開愛斯基摩人的村落之後，他們也離開了阿拉斯加，到了加拿大，他們只逗留了幾天，便飛到了歐洲，在歐洲的第一站是丹麥。

他們已度過了將近一個月的日子，他們的行蹤，可以說絕沒有人知道，他們完全像是兩個普通的遊客一樣，不受人注意。

可是，當他們在哥本哈根機場一下機時，奇怪的事就發生了。

他們才一下飛機，就有一個穿著機場工作人員制服的人，向他們走來，

高翔和木蘭花呆了一呆，但是，對方既然穿著機場工作人員的制服，知道他們的姓氏，也就不算是什麼特別出奇的事了。

高翔先點了點頭，道：「是，有什麼事？」

那人道：「有一位先生，在貴賓室等兩位。」

高翔和木蘭花呆了一呆，那實在是不可能的。

當他們離開加拿大的時候，曾和安妮和穆秀珍通了一次長途電話，然而，即使在長途電話之中，他們也沒有告訴安妮和穆秀珍，他們下一個目的地是在什麼地方，那麼，為何會有人知道他們到了丹麥？

木蘭花忙道：「先生，你只怕弄錯了，我們在丹麥沒有任何熟人，不會有人在等著我們的，我們是來度蜜月的。再見。」

木蘭花話一說完，就和高翔向前走去。

可是，那人卻攔住了他們的去路，道：「高夫人，請原諒我再問一次，高夫人可是叫木蘭花？」

木蘭花又怔了一怔，那人既然說出了她的名字來，那麼，一定不會弄錯人了，其實，木蘭花早就知道不會弄錯的，因為飛機上只有他們兩個中國人，自然不會再有第二個「高先生」！

只不過木蘭花實在不想和任何外人接觸，她才那樣說的，但是現在看來，不去見一見在貴賓室等候他們的那個人也不行了。

是以，她在略一怔之後，便道：「好，請你帶我們去。」

高翔皺了皺眉道：「蘭花，我們不準備見任何人，不管那人是誰，由得他等著，我們可以立時改變行程，到別地方去。」

木蘭花聽得高翔那樣說，正在考慮時，那機場工作人員忙道：「兩位如果那樣的話，那麼，那位先生只怕要大大失望了！」

木蘭花笑了起來，道：「沒有辦法，我們實在不想接受任何的打擾，那麼，自然只好讓那位先生失望了，請替我找一位航空公司的代表來。」

那人攤了攤手，無可奈何地離了開去。

半小時後，木蘭花和高翔又上了飛機，他們甚至沒有走進機場大廈，他們飛到德國，沒有下機，又直飛南歐，到了義大利。

他們在羅馬機場下了機，當他們在飛機上的時候，也下了一番工夫，然而他們可以肯定，在飛機上，絕沒有人在注意他們。

別忘了，他們是木蘭花和高翔！當他們兩人合力觀察下來，沒有人在注意他們，那也就是說，是真的沒有人在注意他們，所以，當他們到了羅馬，看到萬里晴空，步下飛機時，他們的心情又回復了輕鬆。

他們準備在義大利逗留一個時期，是以他們下機之後的第一件事，便是到機場大廈的航空公司辦事處去，要航空公司代他們將行李運到羅馬來。

他們只花了十分鐘就辦好了手續，就在他們要離去的時候，只見一個打扮得十分滑稽，面色紅潤的老年人，推門走了進來。

那老年人的打扮，其實不是滑稽，而是十分莊重的，但是由於現在早已沒有人那樣打扮了，所以一看之下，便給人以滑稽的感覺。

那老年人戴著一頂黑緞的高帽，穿著燕尾服，高靴子，手中還執著一條馬鞭，看他的樣子，就像是十八世紀的貴族馬車伕。

那老年人推門進來，木蘭花和萬翔便讓了一讓，準備讓那老年人先走進來，然後再出去，可是那老年人進門之後，卻不再向前走來，他除下了高帽子，現出半禿的頭頂來。

然後，他向木蘭花和高翔兩人，深深一鞠躬。

正在木蘭花和高翔莫名其妙之際，那老年人已然用義大利口音極重的英語道：「高先生，高夫人，馬車已準備好了！」

高翔和木蘭花互望了一眼，他們都意識到，他們計劃的寧靜的日子，可能在日本和阿拉斯加之後，已告終結了。

在丹麥，有人在機場等他們。

雖然他們立時避了開去，坐了三十個小時以上的飛機，可以說是神出鬼沒地來到了義大利，可是立即地，又有人來找他們了！

兩人互望一眼之後，木蘭花便道：「你認識我們？我們什麼時候，曾僱用過你的馬車？」

那老年人的態度更恭敬了，他道：「我的馬車屬於我的主人，不是僱用的，我的主人知道兩位今日到羅馬，是以命我來接兩位的！」

高翔和木蘭花心中不得不提高警覺，因為他們曾在義大利，和凶狠的黑手黨作過戰，那老年人的出現，不但有點不可理解，簡直十分詫異。

高翔笑了一下，道：「你主人是誰？我們絕未向任何人透露過我們的行蹤，你的主人怎麼會知道我們今日到羅馬？」

那老年人紅潤的臉上，現出一種十分純真的笑容來，道：「那我不知道，我只是奉主人的命令，到機場來接兩位，去晤見我的主人，我的主人也再三告誡過我，不可道出他的身分！」

從那老年人的純真笑容來看，他不像是安著什麼壞心思，可是人的心思，是最難預料的，誰知道在一個純真的笑容之後，會隱藏著什麼禍心呢？

高翔的面色略略一沉，道：「如果我會跟你去，那才是笑話了，回去告訴你的主人，我們不會接受任何人的邀請，去吧！」

那老年人又鞠躬如也道：「是，但是我的主人說，在哥本哈根，他曾派人和兩位接觸，兩位也不肯和他見面，現在，兩位如果仍不肯和主人見面的話，他將繼續他的邀請，不論兩位到任何地方，都會接到他的邀請，直到兩位答應為止。」

高翔冷笑了一聲，說道：「這算什麼，是威脅麼？」

那老年人忙道：「絕不是，主人究竟為什麼一定要和兩位晤面，我不知道，但是據我的猜想，那一定是主人的一番誠意！」

高翔有點沉不住氣，他正想大聲叱責，但是木蘭花卻已輕輕碰了碰他，笑著道：「你的馬車，一定是十分精緻舒服的了？」

那老年人忙道：「是，我每天要擦洗兩遍！」

木蘭花道：「好的，我們接受邀請了！」

那老年人滿面高興，立時拉開了門，道：「請兩位跟我來，請！」

高翔奇怪地望了木蘭花一眼，他顯然是不明白木蘭花何以忽然間接受了邀請，但是木蘭花卻回答了他一個十分神秘的微笑。

高翔知道木蘭花那樣做，一定是有原因的，是以他也沒有說什麼，和木蘭花一起走了出去。那老年人搶前了幾步，在前面帶著路。

高翔低聲問道：「為什麼要答應他？」

木蘭花皺了皺眉，道：「你想想，我們從哥本哈根來到羅馬，一下飛機，那人居然又立時派人找到了我們，由此可知，不論我們再到任何地方去，他都一定會找到我們的，難道我們一直在飛機上度過？那還不如早和他作一個了斷了！」

高翔也皺著眉，道：「他是怎麼知道我們行蹤的？」

木蘭花淡然一笑，道：「要知道我們的行蹤，倒並不是什麼難事，可以從各大城市的航空公司中查詢旅客的名單，我們的旅行文件上，用的全是真名。」

「那麼，他是什麼目的呢？」高翔又問。

木蘭花搖著頭，道：「現在，要弄明白這一點，實在太早了，我們連他是什麼樣的一個人都不知道，如何能知道他有什麼目的？」

這時，他們已走出了機場大廈，那老年人直向停車場走去，高翔和木蘭花抬起頭來，可以看到許多汽車中，停著一輛馬車。

那馬車所有鑲銅的部分，全都被擦得精光錚亮，拉車的是兩匹純白色的駿馬。在現代都市中，有不少人在打量著牠。

高翔又壓低聲音道：「我們這次出來，一點也沒有帶應用的東西，如果——」

木蘭花道：「那只好隨機應變了！」

高翔點了點頭，他和木蘭花在一起，不知經歷過多少危困，這一次，事情來得雖然怪異一些，但是，他卻還絕不至於感到害怕！

那老年人已經來到了馬車的旁邊，打開了車門。

木蘭花和高翔來到了車前，他們看到車廂之中，都鋪著紫紅色的絲絨墊子，極其華貴，木蘭花並不立即登車，她道：「請你打開車窗！」

那老年人立時答應著，推開了車廂的窗子。

木蘭花和高翔登上了車，那老年人關上車門，道：「兩位，旅程很長，兩位可以盡情欣賞道上的景色，也可趁機休息一下！」

木蘭花和高翔又互望了一眼。但是他們都沒有向那老年人問路程究竟多麼長，因為他們早就知道，這個「邀請」，可以說極其蹊蹺，他們除非不答應，如今既然答應了，路程長，或是路程短，根本不是問題了！

那老年人說完了之後，就登上了車座，接著，蹄聲得得，馬車已向前駛了出去，馬車一開始前進，木蘭花和高翔便立時開始檢查車廂的內部。

而在半小時之後，他們就停止了檢查，因為他們的檢查，什麼也沒有發現。木蘭花在坐了下來之後，十分疑惑地道：「奇怪，那人為什麼要用馬車來接我們呢？真叫人想不通。」

高翔立時道：「本來，你以為是為了什麼？」

「本來我以為，在古老的形式之中，可能有最科學化的裝置，所以我命令開啟窗了，那樣，至少就不能用毒氣來害我們！」

「可是現在我們已檢查過了，什麼也沒有，那真正是一輛古老的馬車！」高翔說。

木蘭花皺著眉，不再出聲。

高翔和她一樣，他們兩人在這幾年之中，不知曾經過多少驚濤駭浪，可是像那樣無頭無腦的奇遇，卻也還是第一遭！

馬車在羅馬的市區內駛過，一路上，惹來不少驚訝的眼光，一小時後，馬車已經踩在郊區的大道上，靠著路邊駛著。

在一輛馬車而言，這輛馬車的速度已經算是十分高了，然而馬車的速度再高，也無法比得上汽車，一輛又一輛的汽車，在馬車邊掠過。

而且，毫無例外地，車中人都對馬車投以好奇的目光，木蘭花和高翔當真有啼笑皆非之感！

馬車一直向前駛著，又駛了兩小時之久，才駛進了一條兩邊全是高大樹木的道路，那道路並不寬，大約可以容兩輛馬車通過。

在那條路的路面上，全是落葉，馬蹄的得得聲，車輪輾過落葉時的沙沙聲，聽來都很夠情調，如果不是事情那麼怪異的話，倒是一種很好的享受。

而在馬車一轉進了那條路之後，木蘭花和高翔便都看見，在那條約有一哩路長的盡頭，是一座極其宏偉的古堡式的建築。

那座建築之前，有著寬廣的草地，修整得十分整齊的樹木，馬車終於來到了鐵門前，木蘭花和高翔看到兩個身形高大的人拉開了鐵門。

馬車繼續向前駛去，終於駛到了屋子的門口，停了下來。

那時，已經天黑了，從那屋子中，走出了兩個穿著古老的管家制服的男傭來，來到了馬車的旁邊，打開車門，道：「請！」

高翔和木蘭花一起下了車，那兩個男傭恭恭敬敬地帶著他們，走上石階，當他們來到大廳門口的時候，另外有兩個男傭，他們是早已站在門口的，高聲叫道：「高先生和高夫人！」

高翔笑了一下，低聲道：「看來我們真像是貴賓！」

木蘭花也笑了一下，道：「或者是！」

他們一起走進了大廳，那是一座古色古香，宏偉之極的大廳，七八盞巨大的水晶瓔珞的吊燈，發出眩目的光彩來。

可是，在大廳中，卻冷冷清清地並沒有什麼人。

木蘭花和高翔略停了一停，便看到有一個身形修長，風度翩翩的中年男了，來到了他們的身前，躬身道：「兩位請跟我來。」

他說著，轉身便走。

高翔和木蘭花又互望了一眼，從木蘭花感到迷惑的神色上，高翔可以看出，以木蘭花的推理能力之強，她這時也無法明白自己將會會見什麼人，以及將會有什麼事發生！

他們跟著那人穿過了大廳，一路上，兩人小心翼翼，可是，卻並沒有什麼變故發生。

一直來到了一扇有著十分精美的雕刻的木門之前，那人才停了下來，伸手扣著門，道：「主人，高先生和高夫人來了！」

自房中，傳出了一個女人的聲音，道：「請。」

一聽得是一個女人的聲音，高翔和木蘭花又呆了一呆。

帶他們前來的那人忙道：「兩位請進，主人已等兩位很久了！」

木蘭花推開門，她先向房內望了一眼。

那是一間極其華美的書房，可是書房中卻並沒有人。

他們兩人正在疑惑時，已聽得一座屏風之後，又傳來了那女人的聲音，道：「兩位請原諒，由於我的身分很特殊，所以我無法和你們見面，但我有話要和你們說！」

高翔和木蘭花跨進了書房。

2 不可能的任務

他們兩人走進了書房，便又聽得那女人的聲音道：「請將門關上，我們的談話，是極度的秘密，世上只有我們三個人才能知道。」

在那扇屏風之前，並列著兩張安樂椅，木蘭花和高翔就在那兩張安樂椅上坐了下來。

高翔已可以肯定，這間書房中，除了他們兩個人，和屏風後的那個女人之外，不會有第四個人，那女人那樣說，倒是真的，他們即將討論的事，真可能只有他們三個人才知道。

但是，他們將要談論什麼事呢？

木蘭花的聲音很安詳，她道：「我認為，不論我們將要談論什麼事，也不管這事情多麼機密，我們必須先知道你的身分。」

在屏風後的那女人低低嘆了一聲，道：「對不起得很，這要請你們原諒，我的身分，絕對不能透露。」

她講到這裡，略停了一停，又道：「自然，以兩位的能力而論，只稍走前幾步，移開我面前的屏風，就可以知道我是什麼人了！」

高翔在椅子上欠了欠身，看來，他真的是打算走向前去，移開屏風，看看那屏風之後，他們的神秘約會的主人究竟是什麼人。

然而，高翔還未曾站起身來，他只是欠了欠身，木蘭花便按住了他的手。

那女人也道：「但是我相信你們不會那樣做的，因為你們是君子，所以，我才不得不破壞你們寧靜的蜜月，因為我有一件事要求你們，有很多人可以替我做這件事，但是我選了你們。」

「為什麼？」木蘭花問。

「第一，你們是東方人，這件事，由東方人去做，比較不會引起對方的懷疑。第二，蘭花小姐，你是平民，人家不會疑心你擔任了這樣重大的任務。第三，你們正在作環球旅行，可以說是因利趁便。」

那女人的聲音中，雖然多少有點緊張，但是說來還是不急不徐，而且，聽來十分有條理。

木蘭花的眉心仍然打著結，因為她依然想不通，在屏風後的那女人是什麼人。

她等對方講完，才道：「好，那麼你委託我們做什麼呢？」

那女人徐徐地道：「找一個人。」

木蘭花和高翔兩人，互望了一眼。

找一個人，這件事，可以說容易之極，也可以說困難之極，那要看找尋的是什麼人而定。

高翔忙問道：「要找什麼人？」

那女人嘆了一聲，道：「不論我的身分多麼特殊，我是一個女人，也是一個母親，而我要你們找尋的人，是我的兒子。」

木蘭花的聲音，聽來更平靜，她道：「雖然我還不知道你是什麼人，但是，你屢次提及你的身分特殊，並且說，你一露面，我們就可以認出你是什麼人來，你的兒子，一定也是一個很聞名的人，這不是有矛盾麼？他怎麼會失蹤呢？」

那女人又低嘆了一聲，道：「我要再次請你們原諒，這其中的一切原委，我都不能對你們說，但我請你們答應我的要求。」

木蘭花笑了一下，道：「如果你連你的兒子樣貌如何，也不肯講給我們聽，那麼，我們又從何去找尋他呢？我看你還是不要守秘密的好。」

木蘭花的話，說得很尖銳，而且，她還提出了一個根本的問題來，的確，如果連所找的人是什麼樣子都不知道，那麼，從何找起？

而且，除非那女人不希望他們找到她的兒子，否則，在找到了她的兒子之後，也必然可以知道她是什麼人，那麼，現在的一切保守秘密，也全是枉然的了。

木蘭花講出了那幾句話之後，書房中登時靜了下來，只有一座古老的鐘，它的鐘擺發出「滴答」聲來。

那女人足足沉默了一分鐘之久，然後，才聽得她道：「他現在是什麼樣子，連我也不知道了。」

高翔呆了一呆，道：「什麼意思？」

那女人道：「最後的消息是，他在葡萄牙出現過，經過了十分精巧的化裝，他使用法語和德語。除了告訴你們，他身高六尺尺之外，我不能告訴你們別的，而且，他失蹤的消息，也絕不能傳開去，這一點，十分重要，我請你們去找他回來。」

木蘭花笑了起來，道：「我想，你應該去找一個神仙來擔當這個任務，世界上有千千萬萬，身高六尺，操德語和法語的男人。」

「是的，所以我才特別找你們兩個人，因為你們是唯一有這個能力，而且又能為我保守秘密的人，除此之外，我沒有別的辦法了。」那女人說。

高翔搖著頭，道：「真對不起，我們無法憑這麼一點點線索，就在全世界範圍之內找尋一個人，事實上，沒有人可以做到這一點。」

那女人徐徐地道：「是的，我的要求或者太苛刻了一些，但是無論如何要請你們答應，你們是我唯一的希望了，我請求你們！」

木蘭花也不禁嘆了一聲，道：「夫人，並不是我們不肯答應，而是這根本是無法做到的事情，他最近曾在葡萄牙出現，現在到了什麼地方也不知道，他又經過精巧的化裝，自然他的化裝可以變換。如果他的身分也在時時變換的話——」

那女人接口道：「是的，據我所知，他的身分和容貌的確在時時變換，不然，我可以派別人去找他回來，不必勞煩你們了！」

高翔心中，只覺得又好氣又好笑，他道：「你是硬將一件根本無法做得到的事要我們去做，這實在是很可笑的，對不起，我們要告辭了！」

木蘭花心中的感覺，和高翔的感覺完全一樣，是以高翔的話一講完，木蘭花已和他一起站了起來，他們立時轉過身，向門口走去。

當他們來到了門口時，才聽得那女人道：「等一等！」

木蘭花和高翔兩人，略停了一停。

他們並不打算轉過身來，因為那樣的要求，實在是太無稽了，如果他們竟會答應那女人的要求，那實在是太奇怪了。

而那女人立時又道：「那麼，我想，你們在知道我是什麼人之後，或者會考慮一下我的請求，請你們轉過身來，我已移開屏風了！」

高翔和木蘭花兩人在剎那間，心中所想的全是一樣的，他們都在想，不論你是什麼人，都難以改變我們的決定了。

但是他們雖然那樣想，他們還是轉過身來。

的確，那扇屏風已移開了。

在屏風的後面，也是一張安樂椅，在那張安樂椅上，坐著一個中年婦人，那中年婦人正在慢慢地站起身來，她滿面都是憂容。

在剎那間，高翔和木蘭花兩人都呆住了。

他們自然認得那是什麼人，他們不必看第二眼，只消看一眼，就足以使他們認出她是什麼人來了，他們那時，是真正地呆住了。

不論他們的想像力多麼豐富，他們也絕不會想得到，邀請他們來到這裡來的，竟是一個身分如此特殊的人！

高翔和木蘭花都呆立著，一句話也講不出來。

（各位親愛的讀者，由於這位神秘主人的身分太特殊了，是以作者也無法明寫，聰明的讀者，可以各憑自己的想像力去猜上一猜。）

（而如果各位讀者猜中了的話，也不可太相信自己的判斷和作者所寫的一切，別忘記，「女黑俠木蘭花」故事，只是小說，小說的一切，都是想出來的。）

（謝謝各位讀者。）

高翔和木蘭花兩人呆住了，作聲不得。

還是那神秘主人先開口，她道：「兩位看來，要比我想像中年輕得多，真了不起。」

木蘭花不禁苦笑了一下，她知道，在知道了那神秘主人是什麼人之後，她已經很難不答應她的要求了！

她和高翔仍然不出聲，神秘主人又道：「現在，你們明白，我是為什麼那麼焦切，要找回我的兒子來，而又不得不保守秘密了？」

高翔和木蘭花齊聲道：「自然明白了。」

那神秘主人又道：「那麼，兩位可否再坐下來談談？」

木蘭花和高翔本來已然打定了主意要離去的了，因為那神秘主人的要求，實在太荒唐無稽了，但這時他們卻又自然而然走回去，坐了下來。

神秘主人坐在他們的對面，望著高翔和木蘭花，道：「兩位現在，是不是肯考慮我的請求了？」

木蘭花和高翔互望著，木蘭花道：「他為什麼要離開你？這是不可想像的，他離開了多久，為什麼外面絕沒有人知道？」

「我也不知道他為什麼要離開。」神秘主人道：「他已離開一個多月了，我們的秘密保守得好，但如果我派出去的人，再在世界各地找他，那麼，便一定會引別人的注意，秘密也就不可能再保持下去了，這是我來找你們的主要原因。」

木蘭花道：「照你看來，秘密還可以維持得多久？」

「至多兩個月。」神秘主人的神情很憂鬱。

木蘭花雙眉蹙得極緊，道：「他是單獨行動的，還是受了什麼歹徒的脅迫？是為了愛情，還是為了想表現一下他自己的獨立精神？」

「我不知道，每一個可能性都存在的。」

木蘭花站了起來，來回踱著步。

她踱了約莫三分鐘之久，在那三分鐘之中，除了鐘擺發出的滴答聲之外，沒有其他任何的聲響，木蘭花終於站定了身子。

而在她站定了身子之後，只是說了一句十分簡單的話，道：「好，我們去找他。」

神秘主人憂鬱的神情中，現出了一絲充滿希望的笑容來，她也站起身來，握住了木蘭花的手，道：「謝謝你們，謝謝你們！」

高翔雖然也知道，自己實在是無法拒絕那神秘主人的要求的，但是，聽得木蘭花答應了那神秘主人，他也不禁苦笑了起來。

因為，那實在是一件無法做得到的事！

木蘭花又道：「你不能提供給我們更多的消息麼？」

神秘主人搖了搖頭，道：「不是不能，而是我也無法獲得更多的消息，只有一點，有一個叫作法勒的男子，似乎和他有聯絡。」

「那男子是什麼身分？」

「不知道他是什麼身分，但是我派出去的人，有一次，曾攝到過他的照片。」神秘主人說著，走向書桌，取出了一張照片來。

照片很明顯是在葡萄牙的街頭拍攝的，在照片中，一個男子正從一輛看來很殘舊的跑車中走出來，他的衣著極其時髦。

木蘭花向那張照片中的男子凝視了一分鐘，她將那張照片還給了神秘主人，以她的記憶力而論，以後不論在什麼場合下見到這個男人，木蘭花都可以將他認出來的。

木蘭花問道：「如果我們找到了他，應該怎麼說？」

神秘主人道：「只說我想念他，請他記住他自己的身分就夠了，如果他肯回來，也根本不必多講，他不肯回來，多講也沒有用。」

木蘭花道：「我看，這件事，應該將他的離去，是遭到脅迫的可能性加進去，不然，實在無法解釋他要離開你的原因。」

神秘主人道：「雖然，他如果是遭人脅迫的話，他的處境會危險得多，但是，作為一個母親，我倒寧願他是被迫離開我的。」

木蘭花道：「好了，他既然最後曾在葡萄牙出現，我和我丈夫立即就到葡萄牙去，希望我們會在那裡多少得到線索。」

神秘主人道：「但願如此！」

高翔和木蘭花一起退出了書房，在書房外，有兩個男傭人站著，木蘭花向他們招了招手，道：「替我們準備一輛車子。」

高翔忙道：「不要馬車！」

一個男僕恭聲應道：「是，車子是現成的，而且是——」

「我們到機場去。」高翔說。

他們一直向外走去，等到他們出了那古堡城的建築門口之際，晚風吹來，剛才和那神秘主人的會晤，簡直就像是一場夢一樣！

然而，木蘭花和高翔知道，那絕不是夢！

他們都不由自主地深深地吸了一口氣，進了停在門口的一輛名貴大房車，車子立時向前駛去，在車中，高翔和木蘭花好一會不開口。

還是高翔打破了沉默，他道：「蘭花，我看，我們一生之中，以這件事最扎手了，那簡直是不可能的一件任務。」

木蘭花緩緩地道：「慢慢來，我們現在到葡萄牙去，先去找那個法勒，只要找到了他，那麼，事情總可以多少有點眉目了。」

「可是，我們又如何找得到那個叫法勒的男子呢？」

木蘭花道：「我始終相信，我們要找的人，是由於一個特殊的原因，才會有那樣神秘的行動的，而這個特殊原因，絕不是他自願的。」

高翔道：「就是你所說的脅迫？」

「不錯。」木蘭花點著頭。「一定有一個勢力極龐大的組織在進行這件事，他們究竟有什麼目的，我現在還無法知道，但絕不是個人的單獨行動，那卻是可以肯定的事。我假定那個法勒，是這個組織中的一分子，這樣，不是可以找到他了麼？」

高翔點著頭，沒有再說什麼。

他們新婚蜜月的計劃，已經被這件突如其來發生的事完全打亂了，但是高翔的心中卻並不埋怨，他只是在想，如何才能完成神秘主人的委託！

高翔和木蘭花到了機場之後，在機場並沒有停留多久，便登上了另一架飛機，那架飛機是直飛往里斯本去的，在飛機上，高翔和木蘭花絕口不提他們要進行的事。

他們在到了里斯本之後，第一件事，便是和國際警方在里斯本的人員聯絡，等到他們會面之後，木蘭花的要求是觀看所有犯罪分子的照片，她希望能在那些照片中找出法勒來。

堆在木蘭花面前的，是七冊厚厚的相簿，在那七冊相簿中，有著幾十張照片，包括了經常在葡萄牙活動的犯罪分子和國際特務。

木蘭花一個人翻閱著那七冊相簿。

她和高翔分工合作，高翔所做的事，是站在一條街道的街口。法勒曾在那條街道出現過，高翔就是希望他再度出現。

法勒上次在這條街道出現的時候，曾被人攝下過一張相片，他可能早已離開了葡萄牙，也有可能再也不在這條街道出現。

高翔如今那樣的做法，可能是一個十分愚笨的做法，但是在毫無線索的情形下，他除了那樣做之外，卻並無第二個辦法。

他們在里斯本，足足待了三天。

在這三天中，木蘭花查看著那些相簿，沒有找到法勒的照片，而高翔在街頭佇立了三天，也未曾見到法勒和他的跑車出現。

木蘭花一直和國際警方人員保持著密切的聯繫，她自然未曾說出自己是在找人，但是她知道，自己要找的那個人，行蹤如果一有人知道，一定成為重大的新聞，國際警方一定會首先獲得消息，但是，她卻一點消息也得不到。

也就是說，在這三天之中，他們要找的神秘人物，一定還在繼續他神秘的旅程，而他究竟到何處去了呢？沒有人知道。

法勒或許是知道的，但是法勒又在何處？

木蘭花和高翔兩人完全束手無策了。他們曾經手過許多棘手的事，可是卻再也沒有一件，比這一件更來得棘手的了。

第三天晚上，他們在酒店的餐廳中進餐，大酒店的餐廳中，食物十分精美，可是高翔和木蘭花卻都有食而不知其味的感覺。

高翔突然放下了刀叉，道：「蘭花，或許我們可以在報上登一則廣告：『法勒，我們已知道你的事，請和我們聯絡。』，你看有用不？」

「當然沒有用，」木蘭花搖著頭，「第一，我們雖然要找法勒，但是絕不能讓法勒知道有人在找他，除非他已完全在我們的控制之下。第二，就算法勒看到了報紙，他們也一定會用別的方法來對付我們，而不會來和我們見面，這不是一個辦法。」

高翔苦笑道：「我們已來了三天了，一點進展也沒有，難道就一直等下去。」他說著，拿起酒來，一口而盡。

木蘭花皺著眉，她望著高翔，道：「我想起來了，那個法勒，有一個很惹人注目的鼻子，那種鼻子，是嗜酒的象徵。」

高翔道：「是啊。」

木蘭花的神色顯得很興奮，道：「如果他是一個酒徒的話，那麼，我們尋找他的範圍，就狹窄得多了，酒徒最經常出沒的是什麼地方？」

高翔道：「自然是酒吧——」

他講到這裡，突然站了起來，道：「是了，在那條街道上，就有一家很具規模的酒吧，可是……如果他進酒吧去的話，我一定看得到他的！」

木蘭花道：「你並不是二十四小時全守在那街道上，走，我們到那間酒吧去，我幾乎已有信心，可以在那裡找到他的下落了！」

他們立時召來了侍者，在帳單上簽了字，二十分鐘後，他們已穿過了那條街道，走進了那一家酒吧。

那可以說是一間典型的烏煙瘴氣的酒吧，但是這樣的酒吧，也正是酒徒們的樂園，木蘭花和高翔一進去，就有不少好奇的目光，向他們投來。

他們在長櫃前的高凳上坐了下來，各自要了酒，高翔又向那酒保招了招手，酒保走了過來，高翔道：「我問你一個問題。」

酒保搖著頭，道：「對不起——」

可是，不等那個酒保將拒絕的話講出，高翔已從口袋中，抽出了一張大面額的鈔票來，放在桌面上推來推去。

那酒保盯住了鈔票，笑了起來，道：「你早該有這樣的表示了。」

「我在找一個人。」高翔說，他將記憶中法勒的樣子描述了一遍。

酒保仍然坐著，道：「我知道，你一定在找法勒先生，對不對？」

木蘭花和高翔在剎那間心中所感到的興奮，實在是難以形容的！

世事就是那麼奇妙，有時候，一籌莫展的事，就因為獲得了一點線索，那點線索，就可能迅速擴大，成為真相大白的起點，有時頗令人有得來全不費工大之感！

他們現在的情形，也正是那樣！

高翔忙道：「對了，是法勒先生，他常到這裡來？」

「以前是。」酒保回答，伸手接過那鈔票。

「我們找他有重要的事，他在什麼地方？」高翔又問。

酒保道：「那太容易了，我知道他住在什麼地方，前兩天，我還替他送過一打酒去，他就住在離這兒兩條街。三十號，四樓。」

高翔立時放下了一張鈔票，作為酒帳。

他拉著木蘭花的手，一起離開了那酒吧，出了酒吧門口，才笑道：「蘭花，我們竟白白浪費了三天！」

木蘭花也道：「是啊，看來我的思考已退步了，要過了三天之久，看到你那種發狠喝酒的樣子，才想起他是一個酒徒。」

他們匆匆向前走著，走過了兩條街，找到了三十號。

那是一幢四層高的公寓，雖然已很舊了，但是還像住宅區。那樣舊式的房子，自然不會有電梯，他們順著樓梯向上走，在到達三樓的時候，一個穿著整齊的中年男子，打開一扇門走出來。

那中年人用奇怪的目光，打量著他們。

高翔就向那中年人問道：「請問，法勒先生住在樓上？」

那中年人點頭道：「是，他住在樓上，兩位如果見到他，請轉告他一聲，在午間之後，別在房間中弄出那麼多可怕的聲響來！」

木蘭花笑道：「看來他不是一個好鄰居！」

「當然不是！」那中年人悻然說，向下走去。

木蘭花和高翔又上了一層樓，每一層，只有一個居住單位，是以他們根本不必再找，就來到了一扇橡木的大門前。

高翔按著門鈴，隔著門，他也可以聽到鈴的聲響。門鈴按了又按，足足響了一分鐘之久，才聽得「卡」地一聲，門被打了開來，木蘭花立時向高翔使了一個眼色。

而高翔也早已有了準備，門才一打開，他的肩頭便在門上用力一撞，「砰」地一聲，將門撞了開來，門內一個人發出了一下怒喝聲，高翔的一掌，已然向那人的頸際劈了下去。

那一掌，將那人打得一個踉蹌，高翔再一伸手，已抓住了那人的手腕，將那人的手臂硬生生地扭了過來。

木蘭花也在這時閃進了屋子，將門關上，她向那人看了一眼道：「你好，法勒先生！」

那被高翔一出手就制住了的人，不是別人，正是他們要尋找的法勒。

法勒怒吼著，道：「你們是什麼人？這是什麼意思？」

法勒穿著名貴的絲睡袍，他的寓所中，也擺設得極其華麗，木蘭花迅速地打開了幾扇房門，等到肯定了沒有人，她才回到了法勒的面前。

她徐徐地道：「法勒先生，你不必緊張，我們只不過來問你幾句話。」

「我什麼也不知道。」法勒叫著。

高翔冷笑著，道：「我們還沒有問，你就什麼也不知道了？」

木蘭花道：「法勒先生，他到哪裡去了？」

法勒瞪大了眼，道：「誰到哪裡去了？」

木蘭花揚了揚手，在她的手中，已多了一柄小刀，她一按刀柄，「啪」地一聲，小刀已彈出了三吋來長極其鋒利的刀鋒來。

她將小刀的刀鋒壓在法勒的頸際，然後才道：「你知道我說的是什麼人，他到哪裡去了，你說出來就沒有你的事。」

一等到小刀壓在頸上，法勒的態度也軟了下來。

在他的臉上，現出駭然的神色來，但是他還是道：「我不知道，我真的不知道你在說些什麼？你們……是什麼人？」

木蘭花沉聲道：「你是什麼人？」

「我是法勒·韋定，商人。」

「你真正的身分是什麼？」木蘭花又問。

法勒苦笑道：「我……有時也賺些外快。」

「什麼樣的外快？」

「你們……是警方人員麼？」

「正因為不是，所以你還是說老實話的好。」

法勒嘆了一聲，道：「好，我說，我有一艘船，性能很好，我時常將那艘船借給人，人家借了我的船去做什麼，我卻不知道了。」

木蘭花略呆了一呆，才又道：「你在最近，曾經和一個操法語，或是德語，身高約六尺的男人接觸過，你可還記得麼？」

法勒皺著眉，道：「記得，記得。」

木蘭花也不禁緊張了起來，道：「我們問的就是他，他到什麼地方去了？你是為什麼和他接觸的，說！」

3 天衣無縫

法勒擺著手，神情更加慌張了。

法勒的聲音也在發著抖，他道：「他做了些什麼，不關我的事，我只不過將我的一艘船租給了他而已，那不關我的事。」

「他租你的船隻到何處去？」

「我……不知道。」

「他是一個人來和你接觸的？」木蘭花再問。

「是的，在洋松樹酒吧，他來找我的。」

高翔陡地一伸手，手指已捏住那人的咽喉，他用的力量雖然不是很大，但是任何人，咽喉一被人捏住，便一定會生出一種窒息的感覺來的。

而那種窒息的感覺，也會使得這個人感到死亡的陰影已在自己的頭上盤旋，是以法勒的面色更是蒼白得十分可怕！

高翔冷笑著，道：「你可知道他是什麼人？」

法勒忙道：「我不知道，他……他是以前的一個朋友介紹來的，他給我錢，我就將我的船租了給他，其他我什麼也不知道了！」

「你真的不知道他到何處去了？」高翔問道。

「真的不知道，我雖然是船主，但是，我的船租給人家，是從來也不問長問短的，要不然，為什麼我的租金比人家貴，人家還肯來租我的船？」

法勒急急地為自己分辯著。木蘭花和高翔也互望了一眼，他們已經完全明白，這個法勒是幹什麼營生了！

法勒有一艘船，而他時常將那艘船租給人家做不法的行為，由於他身為船主，又肯眼開眼閉的緣故，是以他收的租金雖然高，人家也樂意租他的船隻，這時，他講的可能全是實話。

然而，他們要找的那個人呢？

木蘭花和高翔可以斷定，他們要找的那個人，是決計不會租一條船去做什麼非法勾當的，但是木蘭花和高翔卻也想不出，他們要找的人，租了一條船到什麼地方去了。

然而無論如何，他們找到了法勒・韋定，總算沒有白找，因為他們已在法勒的口中，得到了一項十分重要的線索！

那線索便是：他們要找的人，是乘搭一艘船，離開葡萄牙的！

高翔的手指鬆了一鬆，法勒大大地喘了一口氣。

木蘭花問道：「好了，你的船叫什麼名字，有多大，性能怎樣，快說！」

法勒苦著臉，道：「我的船可以環遊全世界，它叫作『海上魔鬼號』，是以我的名字作登記的，船隻離開，港務局一定有登記——」

高翔又道：「那我們知道。」

法勒住了口，不再言語，高翔伸手在法勒的胸口用力推了一推，推得法勒一個踉蹌，向後跌出了兩步，坐倒在一張椅子上。

而他向後退去之際，木蘭花和高翔早已退出了門口。

法勒在椅子上呆坐了不到半分鐘，便一躍而起，伸手撫摸著咽喉處剛才被高翔捏住的地方，他的臉上，也現出了恨恨的神色來。

他先拿起一隻酒瓶，對著瓶口，大口喝了一口酒，然後來到了電話旁，撥了一個號碼，電話響了很久，才有人接聽。

一有人接聽，他便道：「我是法勒。」

那邊是一個很低沉的聲音，道：「你已知道他到什麼地方去了麼？」

「我不知道，但是剛才，有兩個東方人，好像是中國人，也來追問他的下落，你說過，我向你提供任何消息，都可以有報酬的！」

那邊的低沉聲音笑了起來，道：「不錯，你可以得到報酬，可是中國人怎會對他的行蹤表示興趣，你莫不是酒喝多了吧！」

法勒忙道：「不，絕不，他們才離開我這裡，而且，一定是到海務局去調查『海上魔鬼號』離開港口的日期和方向了。」

那邊沉默了片刻，道：「很好！」

法勒忙道：「那麼，我的報酬——」

他一句話還未曾講完，那邊已掛上了電話！

法勒苦笑了一下，也放下了電話。他又拿起了酒瓶子，嘓嘟嘓嘟地喝了幾口酒，然後，抹了抹口，又在一張椅上坐了下來。

他在坐了下來之後，口中還在咕咕嚕嚕地道：「向我租船的那傢伙，一定是個重要人物，哼，早知那樣，該向他多要點租金的！」

他一面說，一面伸手去取酒瓶。

可是，就在他伸過手去的那一瞬間，門被打了開來，法勒抬起頭來，他還未曾看清那是什麼人，就已經看到了一柄槍！

那柄手槍上，套著長長的滅音管！

法勒・韋定再也看不清那不速之客是什麼人了，他只聽得「啪」地一聲響，那一下聲響，不會比他拔開酒瓶的瓶塞時更大聲些。

然而，殺人甚至是可以一點兒聲音也不發出來的。

法勒的雙眼之間，已然中了一槍，他的身子向後一仰，連人帶椅向後翻了出去，跌倒在地，一點掙扎也沒有，就已經死了。

而幾乎在他一跌倒之際，門又已關上了！

木蘭花和高翔在一離開法勒・韋定的住所之後，便直接到港務局去，高翔有著國際警方的特種文件，要到任何國家的港務局，去調查一艘船的離去的日期，都不會遭到拒絕的。

而他們，不但需要知道這艘船是什麼時候離去的，而且，也一定要知道，這艘船的目的地是什麼地方。

雖然對於後一點，他們幾乎沒有寄什麼希望，因為就算船在出海之前，曾經登記下目的地，一出了海之後，還不是隨時可以改變的？

他們走出了一條街，便攔住了一輛街車，兩人的心頭都十分凝重，高翔說出了地址，那司機顯然很少載東方人，是以向他們投以好奇的一眼。

但是那司機也沒有多說什麼，立時駕著車向前駛去。

在車子駛出了一條街之後，高翔才道：「蘭花，你可有一點頭緒了？」

木蘭花搖了搖頭。

高翔苦笑了起來，道：「我們本來以為可以在這幾個月中輕鬆一下，卻不料遇上了最扎手的一件事，真是倒霉！」

木蘭花笑著道：「高翔，那也怨不得別人，答應去找人，那是我們自己答應下來的，我們也可以不答應而一走了之啊！」

高翔瞪了瞪眼，道：「在我們知道委託人的身分之後，你想，我們還能拒絕麼？」

木蘭花卻始終還是那麼淡然地笑著，道：「我們不拒絕，就是我們自己要將這件事拉在身上，是怨不得我們的委託人的！」

高翔輕輕嘆了一聲，道：「我也沒有怨她，不過——」

高翔才講到這裡，那街車的司機，身子突然向旁側了一側，他的雙手還扶在駕駛盤上，是以，隨著他的一側，車子突然轉了一轉，向街角的一支燈柱之上，疾撞了上去！

高翔大吃一驚，連忙撲向前去。

等到他的雙手也握在駕駛盤上，想硬將車子扭過來時，卻已遲了！只聽得「砰」地一聲響，車頭已撞在燈柱上！

那一撞的力道，令得高翔和木蘭花的身子一起震動了一下，也就在那一瞬間，他們兩人都看到，在那街車司機的太陽穴上，有一股濃稠的鮮血流了下來，那司機已然死了！

以高翔和木蘭花的經驗而論，一看就可以看出，那街車司機是被一柄來福槍射死的，而且，發這一槍的人，毫無疑問是神槍手！

高翔和木蘭花盡皆一呆！

他們的反應，何等快疾，那一呆的時間，決計不會超過一秒鐘，然後，他們兩人的身子一分，只要再有一秒鐘的時間，他們便一定可以打開車門，向車外滾躍出去的了。

然而，也就在那一瞬間，兩柄來福槍的槍管，已從車子前面的車窗中伸了進去，槍口對準了他們，同時，兩邊車門一起被打開。

車門被打開之後，他們聽到了一個十分低沉的聲音，道：「出來！將手放在頭上，如果有任何抵抗，警察就會在這裡發現三具屍體！」

高翔和木蘭花互望了一眼，又各自吸了一口氣，他們都沒有說什麼，只是將手放在頭上，側著身，出了車子。

他們一出了車子，便看到在車外，一共是三個人。

有兩個人的手上，持著來福槍，從他們持槍的姿勢來看，他們絕對是使來福槍的老手，而他們也知道，要在一個使槍的老手手中奪下來福槍，是一件很困難的事情。

另一個人，身形魁偉，面目森嚴，正是出聲十分低沉的人。

木蘭花和高翔兩人，才一出車子，一輛黑色的大房車，便已駛到了近前，木蘭花一側頭間，看到那車子的車頭，有著外交人員車輛的標誌。

然而，她還不及細認，黑色大房車的門已自動打了開來，那身形魁偉的中年人沉聲喝道：「進去，別做愚蠢的事！」

在那樣的情形下，木蘭花和高翔實在沒有反抗的餘地，他們只好仍然將手放在頭上，進了大房車的後廂之中。

高翔以為，在他們一坐進了車子之後，會有人坐在他們的身邊，監視著他們的，可是，他們兩人才一坐進去，「砰」地一聲，車門已經關上。

車門一關上了之後，他們的眼前已是一片漆黑！

高翔忙伸手在車窗上叩了一下，可是，手指叩在車窗上，卻發出金屬的聲音來，那是鋼板！整個車子的後廂，簡直就是一隻鋼箱子！

高翔吃了一驚，他已經可以覺出，車子正在向前駛去，而且駛出的速度還相當高，他忙道：「蘭花，我們怎麼辦？」

木蘭花徐徐地道：「看來，除了跟他們到目的地之外，沒有別的辦法可想了。」

高翔又急急問道：「他們是什麼人？」

木蘭花卻嘆了一聲，在那樣的情形之下，她竟然責備起高翔來，道：「唉，高翔，你不知道他們是什麼人？你太粗心了！」

高翔在黑暗中瞪大了眼，道：「我粗心？」

「是的，各國對於外交人員車輛的區別標誌雖然不同，但是大致上有一個格式，我們乘坐的那輛車子，就有那樣的標誌。」

高翔呆了半晌，道：「是外國特務？」

木蘭花並不出聲。

高翔又道：「是哪一國的？可是為了我們要尋找的那人，才逼我們上車的？」

木蘭花並沒有回答高翔的問題，她只是突然用十分急速的語調，道：

「我們一被他們帶到了目的地之後，一定會被分隔開來，他們一定會向我們問起我們要尋找的那人，高翔，我們的回答是什麼也不知道，我們的處境會十分危險——」

木蘭花講到這裡，車子突然停了一停。

木蘭花忙道：「我們當然會處身在一座外交使館之中，也就是說，絕沒有什麼人可以救得了我們，一切要小心才好！」

高翔在黑暗之中伸出手去，握住了木蘭花的手！

這時，他的心情，實在是複雜到難以形容，他和木蘭花新婚燕爾，情愛正濃，他恨不得每一分鐘，每一秒鐘，都和木蘭花在一起，然而，他也知道木蘭花的話是對的！

對方為了要從他們的口中套出消息來，一定會將他們兩人分離開來，在那樣的情形之下，高翔的心中怎能不亂？

車子只停了極短的時間，便又向前駛去。

這一次，只駛了段極短的路程，便又停了下來，車子一停，車門就打開，那低沉的聲音又喝道：「你們可以出來了！」

木蘭花和高翔特意一起從一邊車門走了出來。他們一出來，就看到自己是置身在一幢十分古老宏偉的建築物的院子之中，在那建築物的牆角，門口處，全是武裝警衛人員。

木蘭花向四周一看，冷冷地道：「貴國的大使館警衛森嚴，是為了歡迎我們嗎？」

那中年人道：「或許是，兩位請！」

一到了目的地之後，那中年人的態度也客氣了許多，並沒有逼高翔和木蘭花將手放在頭上，那自然是他在自己的勢力範圍之內，不必擔心木蘭花和高翔會突圍而走之故。

他們走上石階，進入了那幢建築物，在木蘭花和高翔的身後，始終跟著武裝的警衛人員。

他們被帶到一扇門前，那中年人敲了敲門。

在門內傳來了一下回答之後，他就推開了門。

木蘭花和高翔一下了車之後，想先弄明白，這究竟是那一國的大使館，但是，他們卻找不到絲毫可以辨認的標誌。只不過，他們所遇到的人，都是白種人，自然，那一定是歐洲國家的成分居多！

當他們走進了那扇門後，看到在一張寫字桌後，坐著一個頭髮都已花白了的中年人，那中年人正在聚精會神地看著一疊文件。

直到木蘭花和高翔兩人走進來，他才抬起了頭來。

他臉上帶著職業外交家特有的那種笑容，道：「兩位，請坐，我們用的方法雖然突兀，但是，我們的目的，是想請兩位合作！」

高翔立時發出了憤怒的一下冷笑聲來，木蘭花卻笑了起來，道：「你明白了麼？這位先生威脅人的方法，倒很奇妙呢！」

那頭髮花白的中年人又笑了笑，道：「蘭花小姐，你能使得人人都佩服你，倒不是偶然的，至少你的鎮定，已令人驚訝了！」

木蘭花略怔了一怔道：「你知道我是誰？」

那人將他的手壓在他面前的那疊文件，笑道：「我剛好看完有關你們兩個人的詳細資料，那已足使我瞭解你們了。」

木蘭花淡然笑著，高翔瞪著眼，道：「既然你已自稱瞭解我們，那就該立時讓我們離去！」

那人站了起來，但是立時又坐了下來，他搖著雙手，道：「兩位，我知道你們正在尋找一個人，所以我想請問你們幾個問題。」

木蘭花和高翔兩人都不出聲。

那人自顧自道：「第一個問題：他是誰？」

木蘭花一聽得對方問出了那樣的一個問題來，她立時笑了起來，看來，對方對這件事的瞭解，並不是十分多，甚至可以說一點也不知道！

那中年人的雙眼，一直盯在木蘭花的臉上，他看到木蘭花輕鬆地笑著，皺了皺眉道：「蘭花小姐，我們憑藉種種的情報資料，也可以猜得到這個人是什麼人的，你相信麼？」

「當然不相信。」木蘭花回答。

高翔也立時笑道：「如果你們自己猜得出，又何必來問我們？」

那人苦笑了一下，他仍然不斷地搖著手，那可能是他在用腦筋的習慣，他又道：「說得對，但我們希望獲得更確切的資料。根據我們已有的情報來看，那人……嘿，這是不可能的事！」

木蘭花聽得對方那樣說，她的心頭反倒「怦」地一跳，因為對方越認為那是不可能的事，就越證明他獲得的情報是正確的！

因為他們要尋找的人，身分極其特殊，而那樣身分特殊的人，竟然會神秘失蹤，下落不明，那實在是不可思議的一件事，根據情報，而推測到了那樣的結論，的確是令人無法相信的！

木蘭花心中暗吃了一驚，但是在面上，她卻是不動聲色，她道：「你弄錯了，我們根本不是在找尋什麼人，我們正在度蜜月！」

那中年人又翻了一下桌上的文件，道：「不錯，你們是在度蜜月，但是請告訴我，度蜜月期間，為什麼要找法勒・韋定？」

一聽得對方講出了法勒・韋定的名字來，高翔先自吃了一驚，但是木蘭花卻先笑了起來，道：「法勒不是有一艘船出租麼？」

那中年人盯著木蘭花。

木蘭花又道：「他有一艘船出租，他的船，有著良好的性能，而我們又想租一艘船，在海上度過一段時光，那有什麼值得大驚小怪的？」

那中年人不住地點著頭。

看他點頭的動作。他像已經相信了木蘭花的話，但是，他卻立即道：「蘭花小姐，你掩飾得可以說是天衣無縫！」

木蘭花也知道，對方絕不會被自己的三言兩語便能騙信的，所以，她聽得對方那樣講，倒也一點也沒有吃驚的表示。

那人又緩緩地道：「你們在到葡萄牙之前，在義大利，曾和某一個人，有一次神秘的會見，對不對？」

木蘭花搖頭道：「我不知道你在說什麼？」

「你知道的，蘭花小姐！」那中年人的語音變得嚴肅起來，「你們會見的那人，一定是極其重要的人物，因為他們的保密工作做得太好了，無論我們用什麼方法，都刺探不到任何消息！」

高翔心中暗忖，那傢伙這幾句倒是實話，因為一個身分如此特殊的人，她有秘密行動，而隨便會被人刺探到消息，那才是笑話了！

木蘭花淡淡地道：「是麼？」

那中年人又站了起來，喝道：「他是誰？你們是不是在義大利接受了委託去找人的？」

木蘭花打了一個呵欠，道：「你自己不覺得厭倦麼？」

那中年人「哼」地一聲，道：「好，蘭花小姐，如果你不肯說什麼的話，你的丈夫或者肯和我們合作，先請蘭花小姐去休息！」

兩個武裝警衛立時向前走來。

木蘭花毫不在意地站了起來，她在站了起來之後，甚至還伸了一個懶腰，笑著對高翔道：「我的確需要休息一下了，你陪這位先生談談吧！」

眼看著木蘭花要離去，高翔的心中實是十分著急，但是他也知道，自己這時候，並沒有力量可以阻止他們帶木蘭花走的！而且，他對於木蘭花的毅力也有相當的信心，是以他也看不出有什麼緊張的神態來，只是笑著，道：「好，我會的。」

木蘭花在兩個大漢的手槍指押下，走了出去。

那中年人也從辦公桌後走了出來，他搓著手，來到了高翔的近前，道：「高先生，這是一件極大的大事，你知道麼？」

高翔自然是知道的，但是，高翔卻眨著眼，道：「我和我的新婚妻子在度蜜月，我看不出有什麼轟動。」

那中年人彎下了身子，離得高翔十分近，他的面上，那種歡樂的笑容早已消失了，他森嚴地道：「你若能提供我們確切的情報，我們可以付極高的代價！」

高翔搖著頭，笑道：「你全白說了！」

那中年人又逼近了半步！

這時，他已來到了離高翔極近的地方了，而且，他仍然俯著身！

那也就是說，高翔一伸手，就可以捏住他的脖子，或者，一拳打出，可以擊中他的肚子，或者，可以伸足將他絆倒！

但是，高翔卻也知道，在他的身後，有兩柄槍在！

值不值得冒險呢？

高翔只考慮了不到十分之一秒，實際上，當他一想到這一個念頭時，他已然決定那麼做了，是以他右拳已然疾打了出去！

那一拳，是打向那中年人肚子的。

高翔準備一擊中了那中年人的肚子，那中年人一定會痛得縮起了身子，那麼，他只要一伸手臂，就可以挾住對方的頭頸了！

而如果在挾住了對方的頭頸之際，那麼，他自然可以說，已經控制了局面了！

可是，事情的發展，卻完全出乎高翔的意料之外！

高翔的一拳才一擊出，那中年人雖然頭髮已經花白了，但是他的行動，卻仍然矯健得像是一頭豹一樣，立時向後躍了開去！

高翔的那一拳，打了一個空！

那中年人已「哈哈」大笑了起來，道：「高先生，你以為我二十多年的軍隊生涯，是白過的麼？你這一拳已落空了！」

高翔悻然道：「我自然知道已落空了，又何必要你來多說？」

那中年人道：「高先生，我想你已知道，這裡是使館，而我現在的行動，是奉了我國最高當局的命令在行事的，你明白那是什麼意思？」

高翔只是冷笑著，並不出聲。

那中年人道：「那就是說，除非我國和葡萄牙成為交戰國，不然，絕不可能有外人進來的，連委託你們辦事的人，也無能為力！」

高翔的回答，只是一連串的冷笑聲。

那中年人的面色又陡地一沉，道：「也更表示，如果你們兩人不合作的話，就沒有機會走出這個地方！」

高翔道：「以前很多人對我那樣說過，但是我不但早已走出了他們說不能走出的地方，而且，他們倒好像永遠走不出棺材了！」

高翔一面說著，一面站了起來，道：「你想怎麼樣，只管說吧！」

那中年人看到高翔在如今那樣的情形下，依然還有那樣的氣概，他也不禁現出了吃驚的神色來，但是隨即，在他的臉上，便現出了十分陰沉的冷笑，道：「現在，先請你去休息一下！」

高翔一聽，立時昂然轉過身，也立時有兩個武裝人員，押著他走了出去，一出門，經過了一條走廊，上了一層樓，高翔走進了一間小房間中。

那間房間雖然小，但是陳設卻十分華美，只不過根本沒有窗子，高翔一進了房間，房門就關上，高翔也在沙發上坐了下來。

高翔靜靜地想了幾分鐘，他在想，木蘭花現在的處境，多半是和自己一樣的，但是木蘭花現在在想些什麼呢？

她是不是在設法逃出去？

木蘭花這時的處境，真是和高翔一樣的。

她也在一間同樣大小的，陳設華美，沒有窗子的小房間中，不過，她的房間是在二樓，而且，她也根本不是在想逃出去。

她在睡覺！

她真的睡著了，因為她知道，現在和對手的鬥爭，是長期的鬥爭，她最好的應付辦法，便是保持著充沛的體力！

木蘭花睡了一覺，當她醒來時，昏黃的燈光映著架上的鐘，她知道，自己睡了四小時之久，在那四小時之中，似乎什麼也沒有發生過，平靜得可怕。

她並不擔心高翔，因為她既然沒有事，高翔也不會有什麼意外的，她這才開始細心打量自己所在的這一間房中的一切。

那房間佈置得很華麗，木蘭花來到了門前，仔細察看了一會，她不必再動手，就知道她要弄開那扇門出去，是沒有可能的事。

她背負著雙手，踱了一會，她的神態，看來十分優閒，絕不像是一個在危急中的人，而且，她也已發現了，在房間這天花板的一個角落處，有一支隱藏著的電視攝像管在，那也就是說，她在房間中的一舉一動，都是有人監視著的。

木蘭花也找到了一具對講機，對講機就在一張安樂椅旁，精美的義大利手工製造的木几上，木蘭花在那張椅上坐了下來。

她按下了對講機的掣，立時聽得有人應道：「蘭花小姐，有什麼吩咐！」

木蘭花笑著，道：「我肚子餓了，你們以為我可以不必吃東西的麼？」

對講機中傳出了一下答應聲。

木蘭花又等了片刻，她心中想，對方不會就這樣將自己關在這裡就算的，自己已和他們講話，他們應該有所表示才是。

可是，對講機中傳來了那一下答應聲之後，便是「卡」地一下響，顯然，對方認為通話已然完畢，沒有必要再講下去。

木蘭花略呆了一呆，也按下了對講機的掣，她仍然在房間中踱著步，又向著隱藏在屋角處的電視攝像管望了一眼。

然後，她來到了那幅牆下面，牆上裱糊著精美的牆紙，木蘭花伸手在牆上按著，她很快就找到了那條連接攝像管的電線。

木蘭花取出了一柄鋒利的小刀來，就在那條電線上用力割了一下，將那條電線割斷。

雖然木蘭花還想不出有什麼辦法可以逃出去，但是無論如何，給別人監視著，絕不會是愉快的事，是以她先割斷了那電線再說。

她在割斷了電線之後，便來到了門旁，靠牆而立。

她知道，大使館中的人，會替她送食物來，而只要有人開門走進來的話，她現在所站的地位，十分有利，總多少有點辦法可想的。

4 耐力競賽

可是，木蘭花卻又料錯了！

她靠牆站了約莫十五分鐘，在那十五分鐘中，她看來好像只是站著不動，但事實上，她是用心在傾聽著門外的動靜。

門外如果有腳步聲傳來，那麼，她就可以預早作偷襲的準備了。然而，在等了約莫十五分鐘之後，門外卻一點動靜也沒有。

反倒是在牆上，傳來了「啪」地一聲響，一幅油畫彈開了少許，接著，對講機中便傳出了「叮」地一聲響，一個人道：

「你要的食物來了，蘭花小姐，你割斷了電線，那對你並沒有什麼好處，你是絕不會有機會逃出去的，希望你明白。」

木蘭花「哼」地一聲，道：「食物在哪裡？」

「你揭開油畫，就可以看到食物了！」那人回答。

木蘭花略呆了一呆，走向前去，將那幅油畫揭了開來。在那幅油畫之後，是一個二十吋立方的方洞，一籃食物，就放在方洞之中。

木蘭花只不過是略呆了一呆，就立時知道那是怎麼一回事了，牆後有一個空間，那個空間之中，有一個小型的升降機，可以將食物送上來。

木蘭花想到了這一點，心中十分高興，她取起了那只籃子，看到一塊木板緩緩地向下降去，牆後的空洞，便是一個煙囱。

木蘭花已可以肯定，自己可以從那個空間中爬出去，那是一條逃走的捷徑。

木蘭花放下油畫，盤中的食物相當精美。

木蘭花吃了一個飽，她又按下對講機的掣，道：「食物很不錯，你們用什麼方法來取回餐具，還是從油畫後面來遞送麼？」

她的問題，立時得到了回答：「是的，但是小姐，必須提醒你，你不要以為可以順著那空間逃走，你會後悔莫及的。」

木蘭花聽得對方那樣警告她，她倒也不感到十分意外，因為在那樣幾乎密封的一間房間中，有著一條那樣的通道，誰也會想到，那是逃走的捷徑！

而這間房間，當然是要來囚禁人的，留這樣的一條捷徑給人逃走，顯然是不合理的，木蘭花也早想到，在這條通道的出口處，一定是有著嚴密的守衛。

但是木蘭花並不改變她的主意。

那是因為她在看到了這條通道之後，她已經有了主意，她並不準備向下走，而準備向上攀去，雖然那樣做，未必可以逃得出去，但是至少可以離開這間房間了。

木蘭花的推測是，對方在通道的下端，有著嚴密的防衛，但在通道的上端，未必加以注意！

木蘭花端著盤子，來到了油畫之前，揭起了油畫，就看到那塊木板升了上來，木蘭花將籃子放在木板上，伸手在木板上拍了兩下。

那塊木板又緩緩向下落去。

當那塊木板落下了四五尺之後，木蘭花便拉過了那一張椅子，鑽進了那個洞中，那條通道十分的狹窄，人在鑽了進去之後，幾乎全被擠在通道之中了。

而且，通道的四面，全是直上直下的，十分光滑，在那樣煙囪一樣的通道中，人要向下落，自然是十分容易的事情。

但是，要向上攀去的話，就不是那麼容易了！

但是，也正由於通道的狹窄，木蘭花整個人幾乎是擠在通道之中的，在那樣的情形之下，她人也不至於向下跌下去。

木蘭花略定了定神，她先以雙膝頂在通道的四壁上，然後，雙肘用力向上撐了一撐，就憑著那一撐之力，她身子向上移動了兩三吋。

木蘭花抬頭向上看去，通道在她頭頂上十二尺左右，已是盡頭，但是，在離她十尺處，卻顯然是一個出口處。

那出口處，大約也只有二十吋見方，木蘭花可以預料得到，那一定也是房間中的一幅油畫的後面。

那也就是說，如果她可以到達那一個出口處而鑽出去的話，那麼，她至少可以到達另一個房間之中了。雖然，她可能辛苦一場，仍然不能逃出那房間，但總比被困在原來的房間中好！

木蘭花不斷地利用雙膝、雙肘的支撐，向上移動著，被困在一個如此狹窄的空間中，要那樣向上移動，可以說，全身的肌肉沒有一處不在出力！

像木蘭花那樣一直保持著極其強健體格的人，在向上升了五六尺之後，她也已經感到全身發酸，不住地喘起氣來。

木蘭花停了一停，汗水順著她的額角向下流，令得她的視線也變得模糊了，但是她卻根本沒有法子去抹拭額上的汗，因為那空間太狹窄了，她的雙臂根本無法揚起來！

木蘭花休息了一會，就算是在休息，她仍然要付出很大的體力，來維持她的身子不致向下跌下去。

木蘭花實在不能肯定自己是不是可以爬到那個出口處，因為她費了那麼大的勁，只不過完成了一半的過程。

木蘭花抬高著頭，那樣，可以使汗水流向腦後，不致影響她的視線。

也就在她吸了一口氣，準備繼續向上攀去之際，只聽得上面那個方孔處，傳來了啪地一聲響，接著，通道之中亮了一亮，有一個人，自那方孔中探出了頭來。

木蘭花乍一看到了那種情形，心中不禁陡地一涼！因為她的預料，是在通道的上面，對方不會有人看守著的，但是現在，竟然有人探出頭來，那豈不是她的一切辛苦全都白費了？

但是，那卻是在極短時間內發生的事！

木蘭花立即看到，自那方孔中探出頭來的人，不是別人，正是高翔！

高翔自那方孔中探頭出來，也看到在狹窄的通道中塞著一個人，他也是陡地一呆，吃了一驚，他可能還未曾看清那是木蘭花，是以他一看到有人，立時便縮了縮，想縮回頭去。

在那時候，木蘭花已壓低了聲音，叫道：「高翔！」

高翔呆了一呆，又忙探出頭來，他的聲音雖然很低，但也可以聽得出，他心中十分駭然，他道：「蘭花，怎麼是你？」

木蘭花道：「快設法將我弄上去！」

高翔立時答應了一聲，退了回去，木蘭花不再掙扎著向上升去。她只是等著，她等了大約三分鐘，高翔又探出了頭來。

高翔的手中，持著一幅撕破了的床單，床單已連結成一長條，床單垂了下來，木蘭花扭動著身子，總算抓到了床單。

然後，她彎著手背，在身子旁邊擠過，將手臂騰了出來，揚頭道：「可以拉了！」

高翔用力地拉著床單，木蘭花的身子迅速地向上升去，不一會，就由那孔洞中鑽了出去，木蘭花只覺得身子發軟。

高翔連忙抱住了她，替她抹拭著汗，木蘭花一再喘著氣，一面回頭看了一眼，不出她所料，那孔洞也是在一幅油畫之後。

可是，當她向自己所在的那間房間四面打量了一下之後，她不禁苦笑了起來，那是和囚禁她的房間，一模一樣的一間！

高翔已問了她七八次，她為什麼會在那通道之中，木蘭花在椅子上坐了下來，道：「我就在你下面的那間房間，我以為可以從這條通道中逃出去，卻不料來到了你這裡！」

高翔道：「為什麼不向下去？」

木蘭花笑了一下，道：「你難道未曾得到警告，不可由這條通道逃走麼？事實上，就算沒有得到警告，也可想而知，向下面走，是逃不出去的。」

高翔呆了一呆，他握住了木蘭花的手，道：「那也好，至少，我們兩個人又在一起了，只要在一起，就算逃不出去，也是好的。」

木蘭花向高翔望了一眼，心中也覺得十分甜蜜。因為她知道，高翔的這句話是由衷講出來的，木蘭花可以毫不懷疑地相信高翔對她的愛情，是那樣地真摯和深切！

木蘭花站了起來，依在高翔的身前。

他們兩人輕輕擁抱著，過了一會，木蘭花才道：「你有沒有發現房間中藏有電視攝像管？」

「有，我已經將電線割斷了！」

木蘭花笑了一下，道：「你剛才探出頭來，可是發現了這條通道，想由這條通道逃走？」

高翔點著頭，木蘭花道：「你沒有向他們要食物？」

高翔笑了起來，道：「我倒沒有想到這一點，你已經吃過東西了麼？蘭花，我真佩服你，我現在只想逃出去，一點也不餓！」

木蘭花拉著高翔，兩人一起在椅上坐了下來，木蘭花的神情看來很鎮定，但是高翔卻很焦急，他道：「他們準備將我們怎麼樣？」

木蘭花搖著頭，道：「我也不知道。」

高翔嘆了一聲，木蘭花向那扇門指了一指，道：「這門是肯定打不開的了，現在，我們唯一有轉機的可能，就是要求與他們會面。」

「他們會答應麼？」

「不妨試一試，反正我們的處境也不會更壞了！」

高翔在椅上欠了欠身，按下了對講機的掣，囚禁他的那間房間，和囚禁木蘭花的那間，佈置陳設是完全一模一樣的。

高翔按下了對講機的通話掣之後，立時有聲音傳了出來，道：「高先生，你需要叫什麼食物，只管吩咐！」

高翔道：「我不需要食物，我要和你們的大使見面！」

那聲音道：「請等一等。」

高翔和木蘭花互望了一眼，因為他們不知道對方會有什麼反應。他們大約等了兩分鐘，便聽得他們很熟悉的那聲音，在笑了起來。

那正是那個頭髮銀白色的中年人的笑聲。

他笑了一會，才道：「兩位，可是願意和我們採取合作的態度了麼？」

一聽得對方開口就是「兩位」，木蘭花和高翔便不禁呆了一呆，但是，他們隨即一起笑了起來，因為他們已在剎那間，明白那是怎麼一回事了！

他們自以為已經割斷了那電視攝像管的電線，但事實上，他們割斷的那條電線，一定是完全沒有作用的，而有作用的電線藏在牆內！

木蘭花先開口，她道：「高翔，至少我們得到了一個教訓：太容易成功的事，是不可靠的！」

高翔向隱藏在屋角處的攝像管望了一眼，也笑著道：「蘭花，你說得不錯。」

那聲音道：「兩位，你們有什麼話說？」

木蘭花道：「我不知道，你們囚禁我們的目的，究竟是為了什麼？」

那中年人又笑著，道：「你這樣說法，未免太自欺欺人了。第一，我們知道你們受託在找一個人，那麼，軟禁你們，至少對我們有一個極大的好處。」

「什麼好處？」高翔問。

「我們對兩位的能力有極大的信心，這一點，和委託兩位找人的那位大人物是相同的，那麼，將你們軟禁在這裡，至少可以使你們找不到你們要找的人，這對我們就有好處了。」

木蘭花和高翔又互望了一眼。

木蘭花不知道自己是落在什麼國家的大使館之中，他們當然想不出，對方所說的「好處」，究竟是什麼；但是他們要找的人，身分既然那麼特殊，而又有人希望這個人不被人找到，那麼，這其中，一定是有著一個極其重大的陰謀存在！

木蘭花和高翔都在迅速地轉著念頭。

木蘭花一面轉著念頭，一面笑著，道：「你的話，我越聽越不明白，你曾問過我們要找的是什麼人，現在，好像你已知道他是誰了！」

「當然我知道，只不過不能確定而已。」

木蘭花淡然道：「那你總算比我們好了，因為我們連你在說些什麼都不明白。」

那中年人道：「如果你對我說的，就是那幾句話，那麼很對不起，我的工作很忙！」

木蘭花笑道：「當然不止那幾句，我還要告訴你的是，我的丈夫，是國際警方的高級人員，我們度蜜月，雖然是私事，但也和各地的國際警方人員保持著十分密切的聯絡！」

那中年人道：「是麼？我很高興聽到這一點，但是據我所知，你們落在我的手中，根本沒有別的人知道，你的話還是白說了！」

木蘭花緩緩地吸了一口氣，皺起了眉。

她和高翔在一起，不知曾和多少狡猾的犯罪分子鬥爭過，不論對手多麼厲害，她都可以找出對方的弱點來，反敗為勝的，可是現在，她卻感到事情棘手之極！

因為那個中年人並不是什麼犯罪分子，而是一個高級的外交人員，而且，還有著豐富的作戰和特務工作的經驗。再加上他的目的，並不是想採取什麼行動，來達到目的，他只是軟禁著自己，使自己找不到要找的那個人，這樣看來，他已立於不敗之地了！

那中年人又問道：「還有什麼要說的？」

木蘭花搖了搖頭，道：「暫時沒有了！」

那中年人又笑了兩笑，對講機便靜了下來，高翔立時向木蘭花望了過來。

木蘭花在高翔的眼色中，可以看出他的心中充滿了疑問。但是，木蘭花也知道，高翔是不會將他心中的疑問問出來的，因為在這房間中，可能有著他們還未曾發現的偷聽器！

木蘭花伸了一個懶腰，道：「高翔，看來我們要在這裡長期定居了，你不吃東西，總不是辦法，還是叫一點東西充充飢吧。」

高翔苦笑著，又按對講機掣要了食物，當食物送來之後，高翔實在有食而不知其味的感覺，而木蘭花則只是坐著，一動也不動。

高翔不住地向木蘭花望去，他自然知道，木蘭花是在想如何才能夠逃出去的方法。

高翔也不去打擾木蘭花的思索，他吃完之後，坐在木蘭花的對面。

木蘭花一直坐著不動，高翔實在忍不住了，叫了木蘭花一聲，木蘭花卻突然站了起來。

木蘭花顯然不是聽到了高翔的叫喚才站起來的，那一定是她想到了什麼，她站了起來之後，在餐盤中拿起了一柄叉子來，拽過一張椅子，到了牆角。

她站在椅子上，用手中的那柄叉子，向電視攝像管的鏡頭用力擊去，直到肯定電視攝像管已然毀壞了，她才笑了一下，道：「對不起，給人家監視，總不是一件愉快的事情！」

然後，她又跳了下來，迅速地熄滅了房中所有的燈。

那房間是根本沒有窗子的，在所有的燈熄滅了之後，便變得一片漆黑。

高翔來到了木蘭花的身邊，道：「你準備怎樣？」

木蘭花也低聲道：「我還不知道下一個步驟該怎樣，我們只好等著。」

高翔將聲音壓得更低，道：「你是想，他們無法進行監視之後，會開門進來看我們？」

木蘭花道：「希望那樣。」

他們兩人才講了幾句話，便聽到對講機中，傳來了那個中年人略帶憤怒的聲音，喝道：「你們兩人，究竟想搗什麼鬼？」

木蘭花一聽到對講機中有聲音傳出來，立時便伸手掩住了高翔的口，不令他出聲。

那中年人又道：「你們逃不出去的！」

木蘭花在高翔的耳際，以極低的聲音道：「這證明他已看不到我們了，如果我們一直不出聲，他會懷疑我們去了何處！」

高翔也很低聲道：「可是，他是知道我們無法離開這間房間的！」

「那也不見得，時間久了，他的心中就會越來越疑惑，那是一場耐力的競賽，從現在起，我們最好不弄出任何聲音來。」

高翔點了點頭，他們兩人一起慢慢向前走著，來到了椅子前，坐了下來，高翔在木蘭花的額上親了一下，木蘭花道：「你不妨先睡一覺。」

高翔低聲道：「是！」

他們緊握著手坐著，不一會，木蘭花已可以覺出，高翔真的睡著了，而她因為已經睡過一覺，是以這時並不覺得疲倦。

在黑暗之中，時間似乎過得格外慢。

木蘭花知道，現在不過是開始，她可能要長期地等待，等上十幾小時，甚至二十幾小時，才能引得對方進門來看視。

她並不是心急的人，自然可以沉得住氣，在黑暗中，她竭力在思索著，自己是在哪一個國家的大使館中，以及其中究竟有著什麼陰謀！

時間慢慢地在過去，木蘭花看了看手錶，她已在黑暗之中，足足等了兩小時了。由於她揚了揚手臂，是以在她身邊的高翔也動了一動。

木蘭花慢慢放下手臂來，她不想吵醒高翔，而且，她也知道，在她需要等待的時間中，只過了兩小時，那實在算不了什麼！

她將頭靠在沙發的靠手上，也打了一會瞌睡。

她是被那中年人聲音吵醒的。那中年人的聲音，自對講機中傳了出來，高翔和木蘭花一起挺了挺身子，他們顯然是一起醒轉來的。

那中年人的聲音聽來十分憤怒，道：「你們不要妄想，我既然將你們俘擄了來，還能由得你們，逃出我的手掌心麼？」

木蘭花和高翔兩人都不出聲，只是互握著手。

那中年人又狠狠罵著，足足罵了好幾分鐘，看來，他職業外交家的風度已然在漸漸喪失了，木蘭花和高翔則在黑暗中微笑著。

因為那中年人越是沉不住氣，就對他們越是有利！

這本來就是一場耐力的比賽！

高翔慢慢站了起來，伸了一個懶腰，木蘭花仍然坐著，那中年人突然停止了謾罵，房間裡，又靜了下來，靜得一點聲音也沒有。

時間在一點一點過去，高翔和木蘭花又等了三小時之久，對講機中，再次傳出了那中年人的聲音。

這一次，他在「呵呵」笑著。

然而，高翔和木蘭花卻都可以聽得出，那中年人雖然在笑，在他的笑聲中，卻隱藏著憤怒。

他笑了好一會，才道：「好了，你們的把戲也該結束了，你們想我以為你們已離開了這間房間，告訴你們，那是不可能的事情！」

木蘭花和高翔仍然一聲不出。

對講機中又靜了下來。

木蘭花算算時間，他們已維持了七小時之久，一點聲音都沒有發出來，那中年人還會有多少時間的耐性呢？他是不是會來察看自己？

從那中年人的笑聲和語意聽來，那中年人顯然已遭到了極大的困擾，希望他忍不到多久了！

木蘭花和高翔自然利用著時間休息，他們又一共被對講機中那中年人的聲音吵醒了三次。

最後一次，在對講機中，他們聽到了另一個人的聲音，那聲音道：「上校，他們一定出事了！」

那中年人叱道：「胡說！」

接著，對講機中，又沒有了聲響。

木蘭花和高翔一起站了起來，他們的行動幾乎是一致的，他們一起來到了房門前，將耳朵緊貼在門上，傾聽著。

門外一點動靜也沒有，但他們仍然站在門前。

過了十來分鐘，對講機中，突然又傳來了那中年人的聲音，那中年人的聲音，聽來很鎮定，他道：「兩位，事情已弄明白了！」

他在講了那一句話之後，略頓了一頓，接著又道：「一切全是誤會，我們的事，和兩位完全無關，兩位可以離開這裡了！」

高翔握住了木蘭花的手，他的手指在木蘭花的手背上點著，他是在利用最普通的摩斯電碼，在和木蘭花互通消息。

他告訴木蘭花：他想引我們出聲。

木蘭花的回答是：太可笑了！

對講機中，又傳出了那中年人的道歉，可是高翔和木蘭花仍是一聲不出。接著，又靜了下來，幾乎立即地，他們聽到門外有輕微的腳步聲傳了過來。

腳步聲停在門口，好像有一個人低聲講了些什麼，但是聽不清楚，木蘭花拉了拉高翔，兩人一起貼牆站在門邊。

那扇門是並沒有鎖匙孔的，高翔和木蘭花早已看出，那是控制開關的，所以他們才肯定自己無法從那扇門逃出去的。

但這時，從那扇門上發出了一陣輕微的聲響，門打開了尺許，有一個人探頭進來，那人的頭部在左右轉動著。

那人只不過略看了一下，立時縮回頭去，而打開了尺許的門，也立時又關上，接著，又似乎什麼動靜也沒有了！

高翔顯得很不安，轉動了一下身子。但，木蘭花立時將手放在他的肩頭，示意他鎮定。

他們等了約莫十五分鐘，門上又傳出了那種輕微的聲響來。接著，門又被漸漸推了開來，這一次，他們還聽到了兩個人的對話聲。

那兩個人將聲音壓得很低，但是木蘭花和高翔就在門口，是以他們可以聽到那兩人的交談。

那兩人一個道：「他們可能已自殺了！」

另一個道：「不會吧，他們為什麼要自殺！」

那一個道：「你想想，他們兩人負著那麼重大的使命，而如今又絕無成功的希望，為了防此秘密的洩露，他們不是很可能自殺麼？」

另一個遲疑了半晌，道：「我看不會的，這兩個中國人厲害得很，我們還得小心些才是。你先著亮了手電筒，免得他們在黑暗中攪鬼！」

那人的話才一說完，一道強烈的光柱已射了進來。

那自然就是手電筒的光芒了。

手電筒的光芒雖然不是向著木蘭花和高翔直射過來的，但是他們兩人究竟在黑暗中太久了，是以一看到了光芒，都覺得有點刺眼。

他們互望了一眼，高翔已經跨出了半步，木蘭花向高翔做了一個手勢，示意他小心些。那時，電筒的光柱在屋中已轉了一轉。

木蘭花和高翔貼牆站在門邊，是以電筒光芒始終射不到他們的身上，過了一會，已看到門推得更開，兩個人並肩走了進來。

那兩個人才一走進來，木蘭花和高翔便都看到了他們的背影，他們兩個人的手中都握著槍，另一個人的手中，則握著電筒。

木蘭花和高翔的行動，快捷得難以形容，幾乎是兩個人才一走進房間，他們便悄沒聲地撲了上去，兩人的行動全是一致的，他們一撲了上去，便立時一手箍住了一人的頸，同時，奪下了他手中的槍來。

木蘭花和高翔都知道，這時是不是得手，是自己能不能逃出這座使館去的最主要關鍵，是以他們的下手都十分重。

那兩個人才一走進來，便被箍住了頸，他們張大了口想叫，可是頸際的重壓，卻使他們根本發不出任何聲音來，那握著手電筒的人，在百忙之中，只是揮起手電筒，向他身後的高翔擊來。

高翔已將那人的槍奪了過來，電筒一揮了過來，高翔伸槍格了一格，便將電筒格了開去，緊接著，高翔的手槍也擊向那人的手腕。

那人五指一鬆，電筒把捏不穩，「啪」地一聲響，跌在地上。

就在此際，只聽得那人的胸前，突然響起了一個低沉的聲音，說道：「你們看到了什麼？」

那低沉的聲音乍一傳出之際，高翔也不禁嚇了一跳！

但是，高翔卻立即想到，那一定是這人的胸前，掛著一具小型的無線電對講機！

高翔只遲疑了一秒鐘，便壓低了聲音道：「這兩個中國人死了。」

無線電對講機中傳出的那低沉的聲音，似乎很吃驚，道：「死了？怎麼會？可能他們是服下了某種藥物，看來像死去一樣？」

高翔又道：「是，我們會詳細檢查的！」

他一面說，一面向木蘭花使了一個眼色，木蘭花立時會意，兩人一起高舉起手中的手槍來，向被他們箍住的人的後腦重重擊了下去。

當槍柄和那兩人的後腦相碰之際，發出來的聲音，並不是十分響亮，但是也已足以令得那兩個人昏死過去了。

木蘭花和高翔將昏過去的人拖了開去，令他們躺在椅子上，然後，他們兩人迅速地到了門口，向外張望了一下。

在門外，是一條走廊，走廊中的陳設很高貴，掛著不少油畫，鋪著厚厚的地毯，很難使人想像，那樣高貴典雅的走廊之旁，會有著醜惡的囚室！

高翔在走出房間去之前，沉聲道：「蘭花，我們可要去找那傢伙算賬？」

高翔所指的「那傢伙」，自然便是那滿頭白髮，講話陰森低沉的中年人。

木蘭花立時搖了搖頭，道：「不，我們先逃出去再說。」

高翔「哼」地一聲，道：「便宜了他！」

他們兩人一起向走廊的盡頭走去，因為在那走廊的盡頭處，有一扇窗子，他們如果能夠攀出那窗子的話，至少已可以得到一半自由了！

5 海上魔鬼號

他們大步向前走著。

在快來到那窗口近前的時候，附近的樓梯口，突然有兩個人走了出來，那兩個人一看到木蘭花和高翔，便一起叫了起來！

他們才一叫，高翔也已經扳動了槍機。

高翔連扳動了兩下，「砰砰」兩下槍響，在寂靜宏大的建築物中，引起了極其驚人的回聲，高翔發射的兩槍，全都射中了那兩人的肩頭。

那兩個人仍然驚叫著，但是他們的身子再也站不穩，在樓梯上，骨碌碌地向下滾了下去，木蘭花連忙一拉高翔，兩人已到了窗口。

當木蘭花用手肘撞開窗子之際，走廊的幾間房間都被打開，好些人衝了出來，自樓梯下，也有人奔了上來。

木蘭花和高翔同時發槍，將走廊和樓梯上出現的人，全都逼了回去，不敢接近他們，而窗子撞開，他們兩人也迅速翻出了窗子！

他們兩人雖然翻出了窗子，但是形勢仍然很不妙，窗子離地下的草地，足有四十尺高！

如果只有二十尺高，那麼，木蘭花和高翔可能毫不考慮便向草地上跳了下去，但是，四十尺，對任何人來說，都是太高了！

世界上沒有一個人，可以不藉任何東西的幫助，而在四十尺高跳下去，可以保證不受傷的。

在窗下，有一道尺許寬的石簷，他們兩人打橫移動了幾尺，就貼牆站在那道石簷之上，他們已看到有好幾個人，自草地上奔了過來。

高翔又向下放了一槍，已逼近來的人，慌忙退了回去，躲在一輛汽車之下，高翔回頭向木蘭花望了一眼，木蘭花的雙眉緊蹙著。

木蘭花也覺出自己的處境十分不妙，她和高翔雖然已衝出了被囚禁的房間，但是現在的處境，卻和在囚室中不相上下，而且只有更糟糕，因為在囚室中，他們至少是沒有生命危險的！

但是現在，他們卻看到，又有幾個人自建築物中奔了出來，也奔到了那輛汽車之後，而這兩個人手中，全持著手槍。

高翔向木蘭花靠了一靠，緊張地道：「蘭花，我們怎麼辦？」

木蘭花雙眉一揚，道：「你看圍牆外面！」

高翔呆了一呆，他一時之間，不知道木蘭花那樣說是什麼意思，但是他還是立即抬頭，向圍牆外看去。

大使館的圍牆很高，但由於他們這時所在的地方更高，是以他們可以看到街道上的情形。圍牆外的街道並不是十分熱鬧，但這時卻聚集了不少人，在向他們望來。

高翔立時明白木蘭花的意思了，他道：「如果我們吸引更多路人的注意——」

木蘭花不等他講完，便道：「是，那麼，他們至少不敢在眾目睽睽之下殺害我們！」

高翔點著頭，向空連放了兩槍，圍牆外的街道上，人越聚越多了。他們看到街上的人都昂著頭，在注意著他們。

自然，這是大使館，在大使館中就算發生了什麼意外，當地的警方也得通過好些手續，也不一定能夠進來干涉。但是，如果在那麼多人的注視之下，大使館中發生了凶案的話，那自然是轟動世界的新聞。木蘭花深信使館中人，必然有所顧忌的。

她的第一步行動，顯然已取得了成功。

因為這時，有更多的人自建築物中奔了出來，這些人的手中，全持著槍械，但是，卻沒有人敢向他們發射，雙方就那麼僵持著。

不到三分鐘，街道上的人已越聚越多，有好幾輛經過的汽車也停了下來，車子一停，很多人爬上了車頂，呼叫著，也聽不清他們在叫些什麼。

外面街道上的情形，已越來越混亂了，幾個警員，一面抬頭望著高翔和木蘭花，一面在維持街道上漸趨混亂的秩序。

就在那時候，他們逃出來的那窗口之間，響起了一下低沉的怒喝聲，那滿頭白髮的中年人，已出現在窗口，滿面怒容。

那中年人敢在這樣的情形下在窗口出現，木蘭花和高翔對他的勇氣，也不禁十分佩服。因為他們兩人的處境雖然十分不妙，但是他們的手中都有著奪來的手槍！

而那中年人一在窗口出現，他完全是在射程之內！

那中年人站在窗前喝道：「你們兩人在搗什麼鬼，你們以為可以逃出去麼？」

木蘭花輕鬆地笑了一下，道：「我們不以為可以逃出去，但是，卻以為可以大搖大擺走出你們的使館去，先生！」

那中年人神情顯得更是憤怒，大喝道：「別妄想了！」

「一點也不是妄想，」木蘭花的神態更鎮定，她伸手向圍牆外的街道指了一指，「你看到沒有，外面的人，越來越多了！」

那中年人冷笑著，道：「你以為他們會襲擊大使館，來救你們？」

「當然不會，因為他們不知道我們是什麼人，甚至維持秩序的警員，也只是在看熱鬧。」木蘭花悠閒地回答著，倒像是這事情和她沒有什麼關連一樣！

那中年人厲聲道：「你們明知不會有人來救，還像傻瓜一樣，站在外面做什麼？」

木蘭花「哈哈」笑了起來，道：「你到現在還不明白麼？我們站在這裡，那是一樁很好的新聞，記者立時會趕到外面的街道——啊！我的估計，已經太遲了，他們已經來了，在開始拍照了！」

木蘭花並不是虛張聲勢，在外面的街道上，真的已有幾個人，持著相機，對準了木蘭花和高翔，在拍攝著照片，其中有幾個人所持的相機，還是配備有遠距離攝影鏡頭的！

高翔也笑著，道：「我們的照片登在報上，國際警方就會看到了！」

在那一剎那間，那中年人的神色變得極其難看。

木蘭花笑得很歡暢，道：「與其讓新聞爆了出來，國際警方向你要人，你不得不給，還不如讓我們快快離去的好！」

高翔接著道：「現在就讓我們離去，我看你還可以有足夠的時間，出高價去收買那些照片，照片如果登出來，對你的官運也大有影響！」

那中年人的神情更難看，他顯然是完全崩潰了，他苦笑了一下，道：「好，你們可以離去，你們快快進來，拍照的人已越來越多了！」

那中年人的聲音非但不再凶狠，而且，還像是在哀求他們了！

木蘭花和高翔兩人全笑著，他們一齊向窗口移動著。

那中年人向旁讓了開來，木蘭花和高翔相繼跨進了窗口之中。

高翔一進了窗口，一伸手，就握住了那中年人的手臂，沉聲喝道：「帶我們出去！」

那中年人道：「你們自然可以出去，但是使館外包圍了那麼多人，全是你們招來的，你們應該將他們弄走，免得我再生麻煩！」

高翔道：「對不起，我們沒有這個義務！」

木蘭花笑著道：「在我們離去之後，你可以去對記者說，那是你們使館內部對於緊急應變的演習，就可以沒事了，自然，你得拿出不少錢來，去收買那些照片，現在，走吧！」

在兩把手槍的指嚇之下，那中年人不走也不行了！

高翔和木蘭花緊跟在那中年人的身後，下了樓梯，一直來到了草地上，到了那輛汽車的旁邊，躲在車後的人，一起退後。

木蘭花先進了車子，高翔仍握住了那中年人的手臂，木蘭花駕著車，緩緩的駛向人門，她在離大門還有十來碼的時候，大門已打了開來。

高翔拉著那中年人，接近車子。

當他來到車子邊上的時候，木蘭花已打開了一邊車門，高翔用力將那中年人向前一推，推得那中年人向前跌出了幾步。

然後，他身子突然向後一縮，已縮進了車中。

木蘭花的行動，和高翔配合得天衣無縫，高翔才一縮進了車子，木蘭花已踏下了油門，車子的去勢陡地加快，向門外疾衝了出去。

當車子衝出門外的一剎那，木蘭花和高翔兩人都回頭，向大門門柱上的銅牌望了 眼，因為他們始終不知道，扣押他們的是什麼國家的大使館！

而當他們看到了門柱上的銅牌之後，他們兩人心中都呆了一呆。

他們必須弄清對付他們的是什麼國家，因為那對他們要尋找的人，究竟到什麼地方去了，有著很大的幫助，因為那國家顯然很關心他們要找的人究竟去了何處。

而當他們看到了那銅牌上國家的名稱之後，兩人都大大出乎意料之外！他們在使館中遇到的，全都是白種人，他們也一直以為，那是一個歐洲的國家！但是，事實上，那座大使館，並不是歐洲國家的大使館，卻是一個非洲國家的！

在那時候，他們急於離去，不能將心中的疑惑提出來討論，一出了大門之後，木蘭花將車子的速度增加，一個急轉彎。

車子箭一樣地向前駛去，在接連轉了幾個彎之後，木蘭花才停下了車，她和高翔一起離開了車子，又迅速經過了幾條街道。

他們在街角停了下來，木蘭花回頭看了一眼，可以肯定他們未曾受人跟蹤，他們慢慢地向前走著，又轉過了一條街道，才走進了一家十分幽靜的餐室。

他們手挽著手，走進餐室，就像是一對普通的情侶一樣，不明情由的人，絕不會在他們的外表上，看得出他們負有那麼重大的使命。

他們叫了食物之後，高翔低聲道：「蘭花，我們不到港務局去查那艘船的下落了麼？」

木蘭花沉默了片刻，才道：「不必去了，去也沒有用的，高翔，你想，我們要找的人，是到什麼地方去了？」

高翔眨著眼睛，他自然不知道。

但是，木蘭花既然那樣問，那表示木蘭花已經猜到了。木蘭花的思想，一直比高翔敏銳得多，是以高翔忙道：「你說呢？」

木蘭花緩緩地道：「他到非洲去了。」

高翔半晌不出聲，他們要找的人到非洲去了，那是很有可能的，但是，他為什麼要到非洲去呢？像他那樣身分特殊的人，到非洲去做什麼？

木蘭花揚了揚眉，又道：「自然，那是我的猜想，如果我的猜想不錯，他是到非洲去了，而他到非洲去的目的，是想去阻止一個政權的誕生。」

高翔的眉心打著結，道：「蘭花，你要知道，我們要找的人，地位雖然尊榮，但是他並沒有實權，他如何能阻止一個政權的誕生？」

木蘭花緩緩地道：「是的，他沒有實權，但是他是一個年輕人，年輕人多數有著偉大的理想，或許，他是想憑自己本身的影響力，去說服那一群狂熱地想建立奴役黑人政權的人！」

木蘭花講到這裡，略頓了一頓，道：「自然，那也是我的猜想。」

高翔忙道：「我知道你為什麼會有那樣的猜想了，那囚禁我們的大使館，它的所屬國在非洲，正是那種可恥的奴役政權的代表。」

「不錯，」木蘭花點點頭。「我正是由那大使館得到聯想的，從葡萄牙出發，獨自駕駛一艘船隻，要到非洲去，你想，他會在哪裡停歇？」

高翔只想了幾秒鐘，便站了起來，道：「直布羅陀！」

木蘭花高興地笑了起來，道：「你想的和我一樣。他會駛到直布羅陀，但是他未必會在那裡，和官方人士見面，我看我們現在要做的事是——」

高翔已幾乎要向餐室外走去，他道：「我們自然是趕到直布羅陀去，我們如果搭飛機去的話，可能還會趕在他的前面！」

木蘭花笑道：「不必那麼心急，先享受一餐典型南歐食物，也不會遲到哪裡去！」

這時，侍者已將鮮紅色的美酒，和香噴噴的食物搬了上來，他們兩人吃完之後，才離開了餐室，回到了酒店中。

一到酒店，木蘭花便打了一個神秘電話。

連木蘭花也不知道那電話是打到什麼地方，和是什麼人接聽的，但是她知道，她打了這個電話之後，她所說的話，就會被轉告給她的委託人。

木蘭花在電話中告訴對方，她的推測是，他們要找的人動身到非洲去了，而且，木蘭花也說出了那人到非洲去的目的。

她更告訴對方，他們準備追蹤到直布羅陀去，因為根據她的推論，除非是在海面上發生了什麼意外，不然的話，他們要找的人，也會到直布羅陀去。

她希望能夠在直布羅陀找到她要找的人，將他帶回到他母親的身邊去。

她在放下電話之後的四十分鐘，他們已經來到了機場中，他們必須轉機，才能飛到直布羅陀去，又半小時之後，他們已上了飛機。

木蘭花和高翔在飛機上都保持著沉默，天氣很好，白雲絲絲在他們的飛機下飄過，他們只是從窗外俯視著秀麗的山脈、河流。

飛機越過了宏偉壯麗的摩勒納山脈，停在最接近直布羅陀的阿白勒斯市，他們才一下機，就有一個神情嚴肅的中年人，向他們走來。

那人直來到他們的身前，低聲道：「歡迎兩位到直布羅陀去，我們研究過，認為兩位由陸路駕車去，比較更妥當些。」

木蘭花略想了一想，道：「我不反對。」

那人道：「車子已準備好了，這是車匙。」

木蘭花接過了車匙，才道：「對不起，我想知道你的身分，你可以將你的證件給我看一看？」

那人對木蘭花的態度極其恭敬，木蘭花一說，他立時表示同意，將證件取了出來，木蘭花看了他的證件之後又道：「對不起！」

木蘭花之所以說對不起，是因為那人的證件，證明他是一個身分極高的人。木蘭花又道：「可是，我不認為閣下陪我們前去直布羅陀是一個好辦法，我們要純以遊客的身分前往！」

那人皺了皺眉，道：「據我們已獲得的情報，有許多人要對我們尋找的人不利，自然也會對你們不利，有我陪著，比較好些！」

木蘭花笑著，但是她的態度十分堅決，她道：「正因為如此，所以才不要你陪，有什麼困難，我們自己會應付，而且，在我們找到了要找的人之後，也有我們自己的辦法，去勸他打消非洲之行的念頭，我們是受特別委託的，你明白？」

那人後退了一步，道：「我明白，祝兩位好運，車子就停在機場外，一家酒店的旁邊。」

木蘭花道：「謝謝你！」

那中年人轉過身，向外走去。高翔始終一句話也未曾說，直到那人已走出了好幾碼之外，他才低聲道：「這人靠得住嗎？」

木蘭花想了一想，道：「至少直到現在為止，我們沒有理由懷疑他，因為我們要到這裡來，我們的對頭是不知道的！」

高翔點了點頭，表示同意木蘭花的見解，他們兩人一起步出了機場，在機場的對面，就是一家建築古老的酒店，他們找到了車子，駕著車，進入了直布羅陀。

他們是純以遊客的身分進入直布羅陀的，當他們在酒店安頓好了之後，立時又駕著車，到幾個碼頭去巡視了一下，詢問碼頭上的人，有沒有一艘「海上魔鬼號」的船，曾經駛進港來。

這艘船，看來曾不止一次到過直布羅陀，是以一問起來，碼頭上的水手對它都很熟悉，但是他們都已有好久未曾看到這艘船了。

木蘭花和高翔只好假定這艘船還未曾到，他們現在的行事，一切都只能憑假定，因為他們根本得不到任何線索。而如果他們的假定是不正確的，那麼他們就可能永遠達不到目的了！

高翔在每一個碼頭上，都對幾個水手許下諾言，告訴他們，只要一見到「海上魔鬼號」，就到酒店來找他們報告，那麼，就可以得到一筆相當可觀的酬金。

那些水手在一聽到酬金的數字之後，都將雙眼瞪得老大，忙不迭地答應，根本也無暇去問及高翔，為什麼要知道那艘船到港的消息了！

他們回到了酒店，高翔坐在陽台上，望著街道。直布羅陀的街道十分古老陰沉，也談不上什麼熱鬧，高翔和木蘭花兩人的心情都很沉鬱。

天色漸漸黑了下來，他們也不著亮燈，等到光線實在太黑暗，他們相互之間已幾乎望不到對方了，木蘭花才嘆了一聲。

高翔忙道：「蘭花，你可是在想，我們可能會在這裡白等了？」

木蘭花道：「是，他會到非洲去，我敢說這個斷定不會錯的，但是他會不會到直布羅陀來，那就不一定，我們可能白白浪費光陰。」

「我想，」高翔遲疑了一下，「我們不妨採取折衷的辦法，我們在這裡，等到明天中午，那麼，也耽擱不了多少時間！」

木蘭花道：「這樣也好！」

她的話還未曾講完，房門上突然傳來了一陣敲門聲，高翔站了起來，先亮著了燈，然後，才打開了門，在門外，站著三個骯髒的水手。

酒店的侍役在一旁，正用懷疑的眼光，望定了那三個水手。

高翔一開門，那侍者便道：「先生，這三個人，說是來找你的！」

高翔忙道：「是的，是我約他們來的！」

那侍役的神色仍是十分疑惑，但是也沒有說什麼，走了開去，高翔將那三個水手請進了房間中，等不及地問道：「那船來了？」

那二個水手搶著道：「是的，它才駛進來，剛停好，我們就來了，先生，你說的那酬金……」

高翔忙道：「一文也不會少你們的！」

木蘭花也問道：「你們可曾看到船上有什麼人嗎？」

一個水手道：「有一個身形很高的年輕人，他的神情好像很憂鬱，我看到他在船頭站了一會，又回到了船艙之中。」

「是什麼碼頭？」

「三號碼頭！」三個水手齊聲回答。

高翔忙將一大疊鈔票，分成了三疊，塞進了那三個水手的手中。然後，他推那三個水手出了房間，他和木蘭花也走了出來。

他們急步奔下樓梯，出了酒店，上了車子，直向三號碼頭駛去。

天色已完全黑了下來，碼頭一帶更加黑沉沉地，許多遊艇和別的船隻泊在碼頭附近，自船上有燈光透出來，他們下了車，沿碼頭走去。

不多久，他們就找到了「海上魔鬼號」。

那是一艘相當大的船，一看這艘船的外形，便知道那是一艘經得起風浪，可以作遠程航行的好船，在船頭上，用夜光漆漆著一個魔鬼的頭部。

木蘭花和高翔步下碼頭的石級，解下了一隻小船，划近「海上魔鬼號」。那船上黑沉沉地，好像一個人也沒有。

他們來到了船邊，木蘭花首先攀上船去。到了甲板上，大聲道：「有人麼？」

高翔也攀了上來，他走向船艙，船艙的門緊閉著，高翔伸手在門上敲著，發出「砰砰」的聲響來，他也大聲問道：「有人麼？」

他們連問了幾聲，都沒有人回答，倒是在「海上魔鬼號」的旁邊，有一艘較小的遊艇上，有一個婦人搭腔道：「這船一靠岸，人就上岸了！」

木蘭花忙道：「船上只是一個人？」

「那我可不知道！」那婦人回答，「這個人好像是生手，他好不容易泊好了船，也沒有向幾個被他撞翻的船道歉，就上岸去了！」

木蘭花道：「謝謝你，夫人，我們可以在船上等他。」

高翔壓低語聲道：「我們為什麼不到岸上去找他？」

木蘭花道：「除非他不準備繼續他的航程，不然，他一定會回到船上來的，而如果他不繼續前進的話，他一定會回去，我們也不必找他了！」

高翔「唔」地一聲，道：「說得對，他可能是上岸去買一些東西！」

高翔拉過了一張椅子，在甲板上坐了下來，木蘭花搖頭道：「不行！我們不能這樣等他，如果給他看到船上有人，他可能不來了！」

高翔連忙站起身來，他和木蘭花一起在一艘救生艇後坐了下來，天色十分黑，就算有人來到了他們的近前，也不容易發現他們。

他們就那樣在黑暗中等著。

這時，他們的心中都十分興奮，因為他們料對了，他們要找的人，果然來到了直布羅陀，現在，只要等他回到船上來，他們的責任就完了！

可是，在等待中，時間卻過得十分緩慢。

在感覺上，他們像是已等了很久，但是看看手錶，不過四十分鐘。

高翔不住抬頭向岸上望著，但是夜越深，碼頭上便越是冷清。

他們一直等了兩小時之久，才看到有一個身形六尺上下的人，一隻手插在褲袋中，沿著碼頭，在向前匆匆地走了過來。

高翔和木蘭花同時看到了那人，他們的心頭也不禁緊張了起來。自然，隔得還遠，他們不能肯定那就是他們要找的人！

但是，總算有人來了！而且，來人已經走下了石級，登上了小艇，划著艇，正在漸漸地接近「海上魔鬼號」！

等到小艇「啪地一聲靠近「海上魔鬼號」的時候，木蘭花和高翔已然可以肯定，他們要找的人回船來了！

木蘭花和高翔都屏住了氣息，他們聽到了腳步聲，看到一個很高的人走上了甲板，那人在甲板上略停了一停，便走向船艙去。

木蘭花和高翔互望了一眼。在那瞬間，他們雖然沒有講話，但是他們都感到，他們要找的人，行動實在太大膽了！

他對於他自己，幾乎沒有任何防範！

在如今那樣的情形下，他的對頭如果要和他過不去，那麼只消一顆子彈，就可以結束他的生命，而那將引起一場猛烈的政治風暴！

6 波折叢生

他們兩人緩緩地吸了一口氣，那人已經用鑰匙打開了艙門，走了進去，他一走進去之後，立將時門關上，接著，船艙中的燈便亮了起來。

木蘭花和高翔就在這時，來到了船艙之外，他們一齊伸手在艙門上叩著，木蘭花道：「請開門，我們有重要的事和你說。」

船艙中的燈光突然熄滅，高翔也道：「請開門。」

在船艙中傳出了一個聲音，那聲音聽來，像是受了相當程度的驚恐。他沉著聲問道：「你們是什麼人？」

木蘭花道：「你不會認識我們的，但是我們曾和你母親會晤過，她委託我們來找你，不論怎樣，希望你和我們見一下。」

船艙中沉寂了很久，高翔又道：「和我們會見一下，對你來說，是沒有害處的，如果你堅持自己的行動，我們當然也不會——」

高翔才講到這裏，在船尾處，突然傳來了「撲通」一下跳水聲。

木蘭花陡地一呆，道：「他走了！」

高翔「砰」地一腳，踢開了艙門，艙中沒有人，木蘭花已沿著船舷，向船尾直奔了出去，高翔也轉過身，奔到了船尾。

他們都看到，有一個人正在向外游去，離開船尾，已然有十來碼，高翔幾乎連考慮也不考慮，身子一蹤，便跳進了水中。

他在水中用力向前游著，他昂起頭來，可以看到前面那人離他只有七八碼遠近，那人也在拚命向前游著。高翔用力擺動手臂，追了上去。

他越追越近，離那人只有四五碼了。

那時，高翔看到在他前面游著的那人，也在回過頭來看他。海面上很黑暗，只有附近幾艘船，船桅上的光芒映在水面上，泛起了一層朦朧的光芒來。

但即使那種光芒十分微弱，因為高翔和那人靠得十分近，是以可以使高翔看清在他前面，拚命在向前游去的那個人的臉面。

那是一個棕髮男子，他的年齡已有三十五六歲，他有著一對凸出的，看來十分凶狠的眼珠，和一個一望可知性格相當殘忍的鷹鉤鼻！

高翔從來也沒有見過這個人！

他立即可以肯定一點：那絕不是他們要找的那個人！

高翔自然也未曾見過他們要找的那個人，但是高翔卻看到過許多次他們要找的那個人的照片。

高翔也知道，他要找的那個人曾經過化裝。但是一個人，化裝化得再巧妙，也不會將他原來的特徵完全掩飾過去，高翔可以肯定，他要找的人，絕不會有一對如此凶狠，屬於犯罪分子的眼睛！

高翔用力向前撥著水，他的頭冒起水面來，大聲喝道：「你是什麼人？」

高翔的泳術十分精良，那人像是也知道向前游去，一定會被高翔追上的，是以他在水中一個翻身，向水下鑽了下去。

那人的身子才一隱沒在漆黑的海水之中，高翔便感到自己的足踝緊了一緊，給那人拖得向下直沉下去。

高翔心頭冷笑了一聲，他隨著下沉之勢，身子屈了一屈，膝蓋已用力向上頂去。

在海水中，高翔也無法知道自己這一頂，究竟頂中了對方的什麼地方，但是他的足踝卻立時鬆了開來，高翔立時冒出水面來。

他才一冒出水面，「嘩啦」一聲水響，他的左頰上便著了一拳，可是高翔的雙拳也在同時揚了起來，在擊了他一擊之後，那人正企圖再向水中沉去。

而就在那人的頭只沉到一半時，高翔的雙拳已然擊到，「砰砰」兩拳，一起擊在那人的太陽穴上。

那兩拳，擊得那人的身子從水中整個翻了起來，高翔已迅速地翻到了他的背後。

一到了他的背後，高翔的右臂已緊緊地箍住了那人的頭，左拳又重重擊在那人的後腦上，那人的手腳都已停止了活動。

高翔一手箍著那人的頸，一手划著水，又迅速地游到了「海上魔鬼號」的船尾。

木蘭花一直站在船尾上，一見高翔游過來，便急切地問道：「你將他怎樣了？」

高翔喘著氣，道：「我將他打昏了過去！」

木蘭花吃了一驚，道：「你怎麼可以那樣對待他？」

高翔道：「等我將他拖上來，你就明白了，他不是我們要找的人！」

高翔一面說，一面仍然在向前游著。

他游到了船邊，將那人硬拖了上去。木蘭花也幫著手，等到他們兩人將那人拖過了船弦，來到了船艙前的甲板上時才鬆手。

木蘭花著亮了船艙的燈，燈光映了出來，已可以將那人的臉面映得更清楚，木蘭花用手拍搓著那人棕紅色的頭髮，高翔則翻過那人的手來看著。

那人的手十分粗糙，在掌心，有著好幾個粗大的繭，那證明他是經常做粗重工作的操勞的人，絕不會是他們要找的人！

高翔緩緩地吸了一口氣，道：「蘭花，你看，我的判斷不錯，他並不是我們要找的人！」

木蘭花的神情十分緊張，高翔自然也知道木蘭花緊張的原因，上船來的不是他們要找的人，那麼，他們要找的人到哪裡去了？

他們要找的人，是不是已到了直布羅陀？還是根本沒有來？何以那人的手上會有著那船艙的鑰匙？這一切，關係實在太重大了！

木蘭花站了起來，道：「先將他弄醒再說！」

高翔拉著那人的手，將那人拉進了船艙中，他也顧不得自己全身都是濕的，他找到了冰箱，取出了一大杯水來，向那人的臉上淋了下去。

那人的身子縮了一縮，發出了一下呻吟聲，睜開眼來，高翔立時一伸手，食指和拇指已然捏住了那人的咽喉。

高翔所用的力道，自然不足以令那人窒息，但如果那人要掙扎的話，高翔只要手指的力道再一加強，便可以令那人喘不過氣來。

那人睜開了眼來，他的臉上充滿了驚怒的神情，他的喉間發出「咯咯」的聲響來，木蘭花這時也掣出了一柄鋒利的小刀來，逼在他頸際的大動脈上，冰涼的刀身，令那人又震動了一下。

木蘭花一字一頓，冷冷地道：「你聽著，現在，我們問一句，你答一句！」

那人吸了一口氣，點了點頭，道：「是。」

「你是什麼人？」高翔先問。

「我……我叫亨利。」那人回答。

「你是怎麼會到這船上來的？」木蘭花又問。

亨利遲疑了一下，眼珠轉動著，看來，他像是不願意回答這個問題，而他延遲了幾秒鐘沒有回答，高翔的手指便已然加了幾分力道。

那令得亨利的全身，幾乎都抽起筋來，他的喉間發出了一下可怕的呼叫聲來，道：「我……我說了！」

高翔鬆開了手指，亨利喘著氣，道：「我……我是一個……一個……」

「一個什麼？」木蘭花喝問著。

亨利忙道：「我是一個劫匪！」

木蘭花和高翔陡地一呆，齊聲道：「那你怎麼會到這船上來的？」

亨利道：「一小時前，我在一條冷僻的街道上，制住了一個人，這個人的身上有很多現鈔，我將他拘禁了起來，在他身上搜出了鑰匙和這艘船的執照，我想他在船上，可能有更值錢的東西！」

木蘭花和高翔越聽越覺得心寒，木蘭花忙問道：「那人是什麼樣子？」

亨利道：「和我差不多高，年紀很輕，樣子好像很高貴，不怎麼愛說話。但是他也說了，他是一個人駕著船來這裡的。」

高翔抓住了那人的手臂，將那人直提了起來，喝道：「你將他拘禁在什麼地方，快帶我們去，你這個該死的強盜！」

高翔用力搖著亨利的身子，搖得亨利的骨頭發出「格格」的聲響來，亨利叫道：「別搖，別搖，我立即帶你們去，我立即帶你們去！」

高翔將亨利直推了出去，到了船邊上，木蘭花緊跟在身邊，三個人一起到了小艇中，木蘭花划著小艇，不一會，便靠上了碼頭。

高翔扭著亨利的手背，將他直推到了他們停在碼頭附近的車子旁邊，木蘭花打開了車門，高翔粗暴地將亨利推進了車廂。

木蘭花坐上了駕駛位，高翔喝道：「我們該到什麼地方去，才可以找到被你拘禁的那人，你得老實說，一發覺你在玩花樣，立時要你的命！」

大約是由於高翔那時的樣子，實在太凶狠了，是以亨利嚇得臉都青了，他連聲道：「是！我不會玩什麼花樣的，請向左駛！」

木蘭花立時發動車子，向左駛去。

這時候，木蘭花和高翔心中都極其紊亂，因為他們憑著自己的推測，在幾乎沒有線索的情形下，找到了他們要找的人，這可以說，是一種異於尋常的幸運，可是，卻又出了這樣的一個岔子！

他們無法預料在有了這個意外之後，還會生出什麼樣的波折來，但是有一點，卻是他們可以肯定的，那便是他們越早趕到，便越少機會發生波折！

木蘭花將車子的速度盡可能提高，依著亨利的指點向前駛著，不一會，便來到了一條很狹窄的巷子之前，那巷子的兩邊，全是十分破陋的房屋，巷子狹得車子根本駛不進去。

亨利喘著氣，道：「就在……那巷子中！」

高翔打開車門，推著亨利，走了出來，木蘭花也出了車子，亨利不住發出呻吟聲，高翔推著他，向巷子中走了進去。

卻不料他們才走出了幾步，巷子的陰暗處人影閃動，突然出現了四個人，那四個人一出現，去路便立時被攔住了！

而在那四個人一出現之後，亨利便突然殺豬也似大叫了起來，高翔和木蘭花已看出情形不對了，高翔大喝道：「讓開！」

巷子口有一根電燈柱，微弱的光芒映進巷子來，可以使高翔和木蘭花看到，那四個人全都穿著破舊的衣服，一望而知是流氓！

那四人中的一個，口角歪叼著一支未曾點燃的香煙，笑著道：「亨利，有麻煩了麼？」

亨利急叫道：「快打發了那一男一女兩人，有大買賣，快動手！」

高翔一聽得亨利叫那四個人動手，他不禁「哈哈」大笑了起來，他已經很久沒有打架了，而他一個人，可以毫無疑問對付七八個流氓！

高翔在笑著，木蘭花已一步跨向前去，道：「高翔，你不必動手，別讓亨利逃走！」

高翔知道木蘭花一個人對付這樣的流氓，至少可以對付十個，是以他只是一用力，將亨利的手背完全拗轉了，痛得亨利慘叫起來。

高翔則冷冷地道：「這就是你不忠實得到的代價！」

亨利根本痛得話也講不出來了，而就在這時，木蘭花已然來到了那四個流氓之前，那四個流氓向木蘭花看了一眼，一起吹起口哨來。

可是，他們的口哨聲還未曾完畢，木蘭花的手掌已然疾揮而出，她掌緣如刀，「啪地一聲，一下「手刀」，已砍在四人中的一個的咽喉上，那流氓的喉骨上發出「咯」地一聲響，身子便軟倒了下去。

木蘭花在「空手道」上，有著極高的造詣，這時候，她又絕無意拖延時間，只求速戰速決，是以一出手，便是致命的手法。

一個流氓突然之間，無聲無息地倒了下去，還有三個流氓，陡地一呆，木蘭花身形一矮，手掌已然向前送出。

這一次，她五指平伸，手指直插向左側那人的腹際，那流氓發出了一下驚心動魄的呼叫聲，身子立時彎了下來，向前漫無目的地衝了過去。

他恰好衝向高翔，高翔老實不客氣抬腿便踢，正踢在那流氓的頭上，那流氓跌在地上，打了幾個滾。

當他滾到了巷子上的時候，他連再動彈一下的力道都沒有了！

木蘭花一出手，在不到一秒鐘的時間之內，便擊倒了兩人，另外兩人看出勢頭不對，一起向後退開了一步，刀光閃耀，兩人已各握了一把牛肉刀在手！

而木蘭花也在這時，向左邊的那個人疾撲了過去，那人揮著一尺多長的尖刀，向木蘭花迎面砍了下來，木蘭花的身形十分靈活，立時側轉身，避開了那一刀。

在她避開那一刀的同時，她伸足一勾，勾住了那人的足踝。

木蘭花的身子還在繼續向前衝去，是以被她勾住了足踝的那人，不由自主身子向前直撲了出去，撲向另一個人。

那巷子本來就十分狹窄，他一向另一個人撲了過去，就等於是持刀向另一個人疾砍而出一樣！

那人怪叫了一聲，道：「你做什麼？」

他一面叫，一面挺刀前刺，牛肉刀竟直刺進了那人的肚子中，那人慘叫著俯下身來，木蘭花也早已衝了過去，身子躍起，撞在另一人的頭頂上，那人立時被撞得昏了過去。

木蘭花倏地轉過身來，道：「亨利，你還有什麼同伴在這裡？」

在不到兩分鐘的時間裡，亨利眼看木蘭花身形矯捷，動作如風，將那四個平日誰也不能招惹的流氓打得落花流水，他不禁嚇呆了！

直到木蘭花大聲呼喝，他才道：「他們……他們不是我的同伴。」

高翔推著他向前走去，道：「少廢話，是在哪一間屋子中，快帶我們去！」

亨利跌跌撞撞，向前又走出了十多碼，在一扇門前站定，道：「就是這裡了，佐治，快開門，是我，亨利，快開門！」

亨利一面叫著，一面不斷用腳踢著門，發出「蓬蓬」的聲響來，可是他叫了片刻，門內卻並沒有回答，高翔推著他，向門上用力撞去，連撞了兩下，那扇門已被撞了開來，亨利也跌進了門中。

木蘭花和高翔忙跟了進去，只見那是一間簡陋得不能再簡陋的屋子，幾乎沒有陳設，只有一張桌子，和幾張破爛的椅子。

屋中亮著一盞昏黃的電燈，是以他們才一進屋子。就可以發現，在其中的一張椅子上，綁著一個人，那人的口中，塞著一塊手帕。

那人在不停地掙扎著，但是卻無法掙脫綁縛。

高翔一衝進了屋子，立時拉脫了那人口中的手帕，那人是一個頭髮長得同茅草一樣的骯髒漢子，自他的身上，直透出一股劣等威士忌的氣味來。

那人自然也不是木蘭花和高翔要找的人！

亨利來到了那人的身前，道：「佐治，怎麼一回事？我們的客人呢？不是叫你看守著他的麼？」

那個被稱為「佐治」的酒徒，哭喪著臉道：「我一不小心，他用酒瓶敲我的頭，將我打昏了過去，等我醒來時，已被他綁起來了！」

高翔忙喝問道：「那人呢？」

佐治哀道：「我怎麼知道？我已昏了過去，他總不見得在我的旁邊，等我醒來！」

亨利頓著腳，重重地摑打著佐治。

佐治鬼嚎也似地叫了起來，道：「為什麼打我，那又不是我的錯，我早叫你將他綁起來的！」

亨利怒道：「我叫你動手綁住他，你為什麼不綁？」

佐治道：「……我告訴過你，這小子有一股別人沒有的氣勢，他一定不是平常人，你卻偏不肯聽！」

他們兩人在不住地爭執著，木蘭花一伸手，取過了高翔手中的那塊手帕來，她將那手帕抖了開來，立時向高翔道：「你看！」

高翔轉過頭去，看到了那方白手帕的一角，有一個紅色的絲繡，那絲繡的圖案，正足以代表他們要找的那人的身分！

高翔呆了一呆，木蘭花已握著高翔的手，奔出了那屋子，他們一口氣地奔出了那小巷，那四個流氓仍然倒在小巷中，木蘭花和高翔也根本不去理會他們，奔到了車前，立時進了車子。

高翔喘著氣，道：「蘭花，我們上哪裡去？」

木蘭花已發動了車子，道：「如果你是他，你現在會到哪裡去？」

高翔略呆了一呆，關上了車門，道：「你是說，他回船上去了？」

木蘭花點了點頭，車子已向前疾駛而出。

高翔緊張得雙手緊緊地握著拳，他的手心在冒著汗，車子的速度越來越快，只在短短的十分鐘之內，便已到了三號碼頭之前。

可是，當他們來到了三號碼頭之前，木蘭花陡地停下車子時，他們兩人都呆住了。

他們的確是停在三號碼頭之前，可是「海上魔鬼號」已不在了！

木蘭花和高翔跳出了車子，他們划著小艇，划到了原來在「海上魔鬼號」旁邊的那艘船邊，高翔上了船，大聲叫著，用力踏著甲板。

那船的船艙亮起了燈，一個身形魁梧的大漢，一面咒罵著，一面走了出來，他向高翔掄著拳頭，狠狠地道：「媽的，你想找死？」

高翔忙道：「請問，你旁邊的船是什麼時候走的，我們有極重要的事！」

那大漢怒道：「誰知道？你是自己走，還是我將你扔下海去？」

木蘭花這時也已上了船，高翔道：「不論你是不是知道那船是什麼時候走的，那船一定走了不久，我們要借你的船去追它！」

那人漢一聽得高翔那樣說，反倒愣住了，他道：「你們是什麼人？」

高翔道：「我是國際警方的人員，我們會付給你一切費用，加倍地付，快去開船，快！」

那大漢又呆了片刻，才轉身走了進去，又叫醒了一個婦人，那婦人就是木蘭花剛上「海上魔鬼號」時，曾和她講過話的。

他們一起來到駕駛艙，那船立時就發動，緩緩地駛了出去，可是，當駛離了碼頭之後，向前望去，前面只是一片漆黑的，茫茫的大海！

「海上魔鬼號」就算是在十分鐘前駛出的，這時再要追上它，也是不可能的事了，高翔急得在甲板上直頓腳。

木蘭花倒是十分鎮定，她道：「快駛回去，我們必須要用水上飛機來追蹤！」

那大漢又將船駛向碼頭，高翔從身邊掏出了一大疊濕淋淋的鈔票來，給了那大漢。自從落水追捕亨利之後，他根本沒有機會換衣服！

他們上了岸，又進了車子。

他們還記得那位曾在他們到直布羅陀之前，在機場上迎接他們的那中年人的官銜，是以他們逕自駛向那中年人的官邸。

四十分鐘之後，高翔和木蘭花兩人，已經駕著一架小型的水上飛機，在一個小型機場上起飛，起飛後十分鐘，飛機已經在海面上了。

可是這時候，海面上卻起了一層濃霧！

高翔看到海上的霧越來越濃，向下望去，只看到白茫茫的一片之際，他不禁嘆了一雙，道：「唉，我們的運氣太差了！」

木蘭花道：「還算好，在霧中，船也駛不快，我們可以先在水面上停下來，等明天早上，霧散去了，再開始尋找它！」

水上飛機迅速降低，在水面上滑行著。

水上飛機在水面上滑行時，水面響起「嘩嘩」的聲響來，在霧夜中聽來，那種聲響十分優美，可是木蘭花和高翔心中卻十分焦急，他們只盼濃霧快快散去，可以繼續追尋「海上魔鬼號」的痕跡。

7 年輕人的狂熱

水上飛機終於在海面上，完全靜止了下來。

濃霧之中，海上靜得出奇，簡直一點聲音也沒有。

自機艙的窗口向外望去，棉絮一樣的霧團，在海面上浮來浮去，他們甚至難以看到十尺之外的東西。

他們兩人都不說話，過了好一會，木蘭花才緩緩地道：「高翔，你可曾想到，我們要找的那個人，如果是在敵人的手中，會有什麼嚴重的後果？」

高翔呆了半晌，才道：「蘭花，在這件事上，我看不出我們有什麼敵人。雖然我們曾被囚禁，但是囚禁我們的人，也未必會害他！」

木蘭花嘆了一聲，道：「高翔，你不明白我的意思。我們推測他是到非洲去，他去的目的，是想憑他個人的影響，去阻止一個政權的產生，我想我們的推測，是近乎事實的。」

高翔點著頭，表示同意木蘭花的說法。

木蘭花又道：「可是，那一批要組織奴役政權的人，卻是志在必行的，如果他再到了那批人的手中，那就是說，那批人更可以有恃無恐了！」

高翔挺了挺身子，道：「我明白了。」

木蘭花苦笑了一下，道：「所以，我們實際上是捲進了一個極其嚴重的政治漩渦之中，所以，我們才會被人囚禁！」

高翔望著窗外，又苦澀地笑了起來，道：「可是，如果我們找到了我們要找的人，也並不能使那個奴役政權不成立！」

木蘭花悻悻地道：「自然，要使那個政權不成立，除非有一次規模十分龐大的戰爭，而在如今世界的形勢下，那是不可能的事。不過，如果我們能夠早日將他找回來，至少可以避免很多國際性的糾紛！」

高翔又嘆了一聲，他仍然望著窗外，道：「這要命的霧，怎麼還不散？」

木蘭花的聲音，聽來十分平靜，她道：「天不亮，太陽不出，霧是不會散的，你怎麼連這一點常識也沒有了！」

高翔苦笑著，在海面上，水上飛機在輕輕搖晃著，他們兩人不由自主握住了手，這是他們的蜜月旅行，然而，這只怕是世界上最奇特的蜜月旅行了！

天終於漸漸亮了！

當金黃色的陽光，透過濃霧，照射下來之際，濃霧在迅速地消散著，木蘭花駕著飛機，在水面上滑行，兩分鐘後，飛機已起飛了。

等到飛機起飛之後，濃霧已散去了七八成，木蘭花並未將飛機飛得太高，高翔持著望遠鏡，在海面上仔細地觀察著！

海面上揚著微微的細波，陽光映了上去，閃閃生光，變幻出各種奪目的色彩來。高翔看到有一隊漁船，在緩緩行駛著。

但是那隊漁船顯然不是他們要尋找的「海上魔鬼號」。

木蘭花繼續向前飛著，為了可以使高翔看到更遠的範圍，飛機在漸漸升高。而且，一直在向著非洲的北海岸飛去。

一小時後，高翔看到了「海上魔鬼號」。

高翔曾見過那船一次，對那船的印象十分深刻，是以他一從望遠鏡發現了它，便可以肯定，那就是他要找的船了！

他伸手在木蘭花的手背上輕輕拍了一下，道：「我看到它了，向右飛，降低高度，咦！船好像是停在水面上，沒有在向前駛！」

木蘭花道：「是麼？那很可能是因為機件損壞了！」

高翔緩緩地吸了一口氣，他心中在想，也有可能是出了什麼意外，但是，他卻沒有說出來。

而木蘭花也想到了這一點，是以當水上飛機漸漸逼近「海上魔鬼號」的時候，她問道：「高翔，看到了有人沒有？」

高翔道：「還沒有——」

他只講了三個字，就已經看到有一個人從船艙中走了出來，以手遮額，抬頭向飛機望來，那人顯然是聽到了飛機聲才走出來的。

高翔忙道：「有人了！」

木蘭花拉下操縱桿，飛機在迅速地降低。

那時候，木蘭花不必用望遠鏡，也可以看到「海上魔鬼號」了。

飛機在距離「海上魔鬼號」一百碼處，降到了水面上，迅速地滑行著，繞著「海上魔鬼號」轉了兩個圈，然後，美妙地在距離「海上魔鬼號」只有十多碼的地方，停了下來。

飛機一停，木蘭花便道：「高翔，我們不必一和他見面，就表示我們是特意來找他的。不然，他只怕不肯跟我們回去！」

高翔點著頭，這時，「海上魔鬼號」上的那個人，也已來到了船弦上，向水上飛機望來。

高翔和木蘭花和那人相隔只不過十來碼，是以他們可以將那人看得十分清楚，那是一個六尺高下的年輕人，兩人只向他看了一眼，就肯定那是他們要找的人了！

木蘭花低聲道：「是他了！」

高翔已推開了飛機的艙門，探出頭去，大聲道：「有什麼麻煩嗎？」

那年輕人遲疑了一下，像是對高翔和木蘭花兩人的突然出現，表示著懷疑，但是當他看到高翔是一個東方人的時候，他的懷疑似乎又消失了。

他皺著眉，回答道：「很糟糕，我的燃料用完了！」

高翔笑了一下，道：「那真的糟糕得很了，據我知道，離這裡最近的補充燃料的地方，是直布羅陀！」

那年輕人道：「我正是從那裡來的，本來，我是準備在那裡補充燃料的，但是我遭到了一點意外，離開得太倉猝了些。」

高翔已沿著機艙走了出來，他放下了一隻小艇，然後，又扶著木蘭花出了機艙，兩人一起划向「海上魔鬼號」。

當他們登上「海上魔鬼號」之後，他們自然裝出全然不認識那年輕人是什麼人的樣子來。

高翔道：「唔，這船不錯啊，只有你一個人？」

那年輕人的雙眼十分明澈，充滿了智慧，他望著高翔和木蘭花兩人，顯然是在打量著他們，和猜測他們的身分。

是以他道：「你們兩位是——」

「我們隸屬一個海洋測量隊，」木蘭花回答，「如果你的船沒有燃料，那麼，你除了回直布羅陀之外，可以說沒有別的辦法了！」

當木蘭花在那樣說的時候，她的心中，已經有了一整套行動的計劃了！她的計劃是，只要那年輕人肯和他們一起回到直布羅陀去，那麼，一到直布羅陀，他們就可以通知委託他們找人的「主顧」，他們的任務就算是完成了，又可以繼續他們的蜜月旅程了！

是以，她在那樣說的時候，雖然像是很不經意的樣子，實際上，卻在仔細留心對方的反應。

那年輕人皺起了眉，道：「看來我好像必須回直布羅陀去，但是事實上，我必須繼續我的航程，我有極重要的任務在身！」

高翔「噢」地一聲，他攤了攤手，道：「你任務再重要，也無法游水到目的地去的，我看，我們可以帶你回直布羅陀去——」

高翔的話還未曾講完，那年輕人便作了一個十分堅決的手勢，道：「不，我想和你們商量一件事，借你們的飛機一用，可以麼？」

木蘭花還未曾回答，高翔已笑了起來，道：「我們水上飛機的燃料，也無法飛到非洲——」

高翔才講到這裡，便陡地住了口，因為他立即感到，自己已經說漏了口，在那一瞬間，他只希望那年輕人未曾聽出來。

可是，那年輕人顯然十分聰慧，他立時就聽出來了，他的神色變了一變，後退了一步，雙眼之中炯炯生光，道：「你們是什麼人，你們怎知我要到非洲去？」

高翔苦笑了一下，向木蘭花望了一眼，木蘭花十分平靜地道：「你問得對，我們的確是不必再假裝下去了！」

那年輕人嚴肅地說道：「你這樣說，是什麼意思？」

木蘭花向高翔指了一指，道：「他是我的丈夫，也是東方一個大城市的警務工作負責人，我們在蜜月旅行中，受到了你母親的邀請。」

那年輕人的臉上，現出十分疑惑的神色來，道：「我的母親，那不可能吧！」

木蘭花正色道：「那是真的，在羅馬的一幢古堡中，我們謁見了你的母親，她對你的單獨行動，表示十分焦急，委託我們找你回去！」

那年輕人望了木蘭花半晌，才輕聲的說道：「你是——」

「我是木蘭花！」

那年輕人點了點頭，道：「木蘭花，是，我聽到過你的名字。你在巴黎和世界性暗殺集團戰爭時，那時，我也剛好在巴黎！」

他一面說著，一面向旁走開了兩步，在甲板上的一張帆布椅子上坐了下來，望著閃閃生光的海面，神情顯得十分嚴肅。

隔了片刻，他才道：「我的行動十分秘密，你們居然找到了我！」

木蘭花笑了一笑，道：「如果不是閣下在直布羅陀遇到了那兩個流氓的話，我們早就該見面了，我們是因為猜到了你要到什麼地方去，去做什麼，是以才能夠找上你的！」

那年輕人抬起頭來，他的雙眼之中閃耀著興奮的光芒，他道：「遇到你們，那再好也沒有了，你們可以和我一起前去！」

木蘭花搖了搖頭，道：「不，我們的任務，是請你回去，回到你母親的身邊去！」

那年輕人霍地站了起來，揮著手，激動地道：「如果你們知道我想做什麼，那就一定要和我一起去的，你們究竟知道了多少？」

「我們可以說什麼也不知道，我們所知道的一切，只是猜測。」木蘭花回答。

「你猜我要做什麼？」那年輕人興奮地問。

木蘭花徐徐地道：「我猜你是想以個人的力量，去阻止一個醜惡政權的誕生，這個政權將在非洲出現，以奴役黑人為目標！」

那年輕人用力拍了一下手掌，又掠了掠頭髮，道：「是啊，你猜得對，你真了不起，這不是一件極有意義的事情麼？」

木蘭花嘆了一聲，道：「自然，這件事極有意義，但是請原諒我對閣下的唐突，這件事，其實只不過是年輕人的狂熱而已！」

那年輕人似乎有些惱怒，說道：「我不是普通人！」

「我當然知道你不是普通人！」木蘭花回答，「但是，任何人都無能為力，你如果去了，只有使那個政權有了要挾的利器，更容易成立！」

那年輕人揮著手，道：「別說了，我命令你們將你們的飛機，交給我使用。」

木蘭花笑了起來，道：「我們沒有義務要接受你的命令，倒是我們接受了你母親的委託，一定要將你送回到她的身邊去！」

那年輕人的神情十分憤怒，他大聲說：「我不是小孩子了，我應該可以做一些令得全世界都尊敬我的事，你不能令我改變主意的。」

木蘭花正色道：「或許我不能改變你的主意，但是我一定要提醒你，你有著數不盡向全世界表現你的才能的機會。而你現在要去做的事，只不過表現了一種勇敢和固執，那是很多人都可以做得到的，並不出奇，也不足以證明你和常人有異！」

那年輕人瞪視著木蘭花，可能是由於他的特殊地位的緣故，從來也沒有人對他講過那樣的話，是以使他一時之間不知如何回答才好。

高翔伸手，在那年輕人的肩頭上拍了拍，道：「你應該結束你的單獨行動了，將你要處理的事，讓給政治家去解決吧！」

那年輕人苦笑了一下，道：「不行，我——」

他只講了兩個字，突然，在天空中傳來了一陣「軋軋」的飛機聲，那年輕人呆了一呆，不再向下講了，高翔和木蘭花也忙抬起了頭來。

他們循聲看去，便看到天上銀光閃閃，有三架大型的水上飛機，正在迅速接近，轉眼之間，已飛到了距船很近的地方！

在那三架水上飛機的機身上，沒有任何國家的標誌！

木蘭花只抬頭看了一眼，便立即向那年輕人道：「你快進船艙裡躲一躲！」

那二架來歷不明的水上飛機，顯然是向著「海上魔鬼號」飛來的，而且，也明顯地不懷好意，是以那年輕人的面色也有點蒼白。

可是，他卻還是昂然挺胸而立，道：「我不是有了危險就等不及躲起來的人！」

高翔和木蘭花一起笑了起來，高翔道：「好，那就讓我們一起來應付危難，你的船上可有什麼武器？」

那年輕人道：「我只有一把手槍。」

木蘭花嘆了一聲，道：「那不行，我們一定要走，快，趁他們還未曾降落，我們還可以登上飛機，以高速飛回直布羅陀去！」

那年輕人遲疑了一下，他顯然是在考慮木蘭花的提議，但是這時候，就算他肯接受木蘭花的提議，也已經來不及了！

那三架迅速飛來的水上飛機，其中有一架，突然以極高的速度俯衝而下，向著停在水面上的那架水上飛機衝了過來！

當它在木蘭花的水上飛機上面，只有十來碼外掠過之際，便響起了一陣心驚動魄的機槍聲。

木蘭花的水上飛機的機翼上，立時出現了許多彈孔，子彈終於射穿了機翼下的油箱！

當那架水上飛機又昂首向上衝了出去之際，「轟」地一聲巨聲，木蘭花的那架水上飛機，已然爆炸成為一團眩目的火光！

高翔在火光出現的一瞬間，用力一推，推開那年輕人，他自己和木蘭花也一個打滾，三個人一起滾到了船艙的門口，才停了下來。

猛烈的爆炸，使得「海上魔鬼號」在海面上劇烈地搖擺震盪了起來，爆炸噴出的碎片，呼嘯飛了過來，有好多碎片深深嵌在甲板上。

那時候，三架水上飛機已一起在「海上魔鬼號」的上空盤旋著，在爆炸發生後的幾分鐘，木蘭花的那架水上飛機便消失了。

海面上浮著一團又一團的汽油，有的油花還在水面上燃燒著。

那年輕人面色蒼白，但是神情激動，道：「他們想謀殺我！」

木蘭花立時道：「絕不是，如果他們想殺害你，那麼，剛才那幾百發機槍子彈，就應該掃向船上，而不會掃向飛機了！」

那年輕人又憤怒地吼叫道：「那麼，他們想幹什麼？」

木蘭花道：「如果我料得不錯，你落在他們的手中，對於他們新政權的成立，會有很大的作用，而且，還會替你的國家造成極惡劣的影響。」

那年輕人雙手緊握著拳，怒聲道：「他們太可惡了！」

高翔冷冷地道：「那些人竟敢在世界文明早已放棄了奴役的時代，還要建立那麼醜惡的政權，他們還有什麼事做不出來的？」

那年輕人仍然緊握著拳，說道：「我們該怎麼辦？」

木蘭花抬頭向上看看，海上的火焰已完全熄滅了，那三架水上飛機已經在盤旋下降，木蘭花沉聲道：「將你的手槍給我！」

那年輕人道：「那是我們唯一的武器！」

「是的！」木蘭花說，「我們最好不要使用它，但如果迫得一定要用它的話，那麼，料想我比你更會使用武器！」

那年輕人略想了一想，轉身走進艙內，木蘭花和高翔也跟了進去，年輕人一到了船艙中，就拉開了一個抽屜，取出了一支大型的軍用手槍來。

他將那支手槍，放在掌心上拋了拋，道：「這是我在軍隊服役時，射擊成績優良所得的紀念品，你剛才的話，是不是過分了！」

他一面說，一面望定了木蘭花。

木蘭花卻已一伸手，將手槍接了過來，道：「一點也不過分，現在，我們就留在船艙中，他們會登上船來，我們一定要小心應付！」

高翔轉頭向海上看去，三架水上飛機都已降落在水面上了。其中的一架，艙門已打開，首先從艙中拋出來的，是一艘充氣的橡皮艇。

那橡皮艇被拋出來之後，發出「嗤嗤」的聲響，迅速變大，落在水面上，接著，便是八個持著手提機槍的大漢，跳了出來。

在另外兩架的水上飛機的艙口，也拋出了橡皮艇，三艘橡皮艇上，各載著八個人。自三個不同的方向，向「海上魔鬼號」接近！

在那樣的情形下，除非在「海上魔鬼號」上，有一挺遠射程的重機關槍，否則，根本沒有辦法阻止這些人登上船來。

而此際，他們三人，卻只有一把手槍！

眼看那三艘橡皮艇已越划越近了，那年輕人突然道：「我去阻止他們！」

高翔忙道：「不行，他們是有計劃來對付你的，你怎能阻止得了他們？不如等他們上了船，我們再見機行事的好！」

那年輕人卻根本不聽高翔的話，已經大踏步地向外走去，高翔想要伸手去阻止他，但是木蘭花卻向高翔使了一個眼色。

那年輕人已出了船艙，木蘭花和高翔也向外走去，他們三人一起站在甲板上。這時，第一艘橡皮艇已經靠在「海上魔鬼號」的船邊，八個人一起攀上船來。

當第一個人站上甲板的時候，那年輕人厲聲喝道：「你們想做什麼？」

那登上甲板來的人。挺直身子站著，他雖然穿著便服，但是他那種挺立的姿勢，卻一望而知，他是一個訓練有素的軍官。

那年輕人一喝，他便舉手，向那年輕人行了一個敬禮，但是卻又立即端起了手提機槍來，對準了那年輕人。

那年輕人的臉上，現出了一個幾乎是天真的，近乎高傲的笑容來，道：「你用槍對住我，又有什麼用？我不信你敢向我射擊！」

那人並不出聲，這時，其餘的人，也都上了甲板，二十多個人，將木蘭花、高翔和那年輕人緊緊圍在中心。

每一個登上甲板的人，都向那年輕人行著敬禮，從他們行禮的姿勢來看，可以肯定他們全是職業軍人。

一個已有四十上下的漢子，只有他的手中沒有武器，他踏前兩步，道：「我們奉命，來請閣下去參加我們新政府成立的典禮！」

那年輕人憤怒得臉色發青，道：「你們太無恥了！」

那大漢的回答卻十分狡猾，他道：「對不起，那是政治家的事情，我們是軍人，我們只知道執行上級的命令，請閣下原諒！」

那年輕人冷笑著，叱道：「你們是軍人？你們算是什麼軍人？你們沒有制服，你們甚至不能在飛機上漆上標誌，你們是什麼種類的軍人？」

那年輕人叱喝得義正詞嚴，那大漢的臉上也不禁略紅了一紅，木蘭花和高翔對那年輕人的氣概，也暗暗佩服。

可是，那年輕人的話，卻顯然未能扭轉眼前的情勢，那大漢仍然堅持著，道：「請閣下登上我們的飛機，一切都保證安全！」

那年輕人憤怒得講不出話來！

在他身邊的木蘭花低聲道：「現在，你已證明我和你才一見面時所說的話是對的了，你的行動，只是一種盲目的勇敢，而盲目的勇敢，非但不能成事，而且還足以壞事，那是不足取的！」

木蘭花在那樣的情形下，仍然用那麼嚴厲的話去責備那年輕人，這令得在一旁的高翔也感到不安，想要阻止她講下去。

可是，那年輕人卻顯然很願意接受木蘭花的指責，因為他並沒有對木蘭花表示憤怒，他只是轉過頭來，向木蘭花苦笑了一下。

木蘭花立時提高了聲音，對那大漢道：「你們先退回去，我們要商議一下，是不是接受你們的這種邀請！」

那大漢用懷疑的眼光望著木蘭花，道：「你是什麼人，怎可以代表他發言？」

木蘭花冷冷地道：「我們是他的好朋友。」

那人漢道：「可是，我看沒有什麼可考慮的，去，或者像剛才那架水上飛機一樣，在海面上消失。這件事，將不會有別人知道！」

木蘭花的心中，也不禁震動了一下！

的確，那年輕人的行蹤太神秘了，根本沒有別人知道，而她和高翔如果在海面上消失的話，也不會有人知道他們是在什麼地方遇難的。

就算在事後有人懷疑，也沒有確實的證據，那麼，這將永遠成為歷史上的謎了！

而且，在如今那樣的情形下，就算對方肯撤退，那麼，「海上魔鬼號」的燃料已經用光，他們也根本無法回到直布羅陀去！

是以，無論如何，先登上他們的水上飛機，那是唯一的辦法，在登上了他們的水上飛機之後，然後才能進一步設法逃走！

木蘭花想到了這裡，沉聲道：「那麼，請你們在甲板上等十分鐘！」

她轉過頭來，對那年輕人道：「我們進船艙去，我有一個妙策！」

那年輕人略為遲疑了一下，但是他還是和高翔、木蘭花一起走進了船艙中，一進了船艙，木蘭花就道：「我們要先登上他們的水上飛機！」

那年輕人立時反對道：「不行，一上了飛機，就直飛到他們的勢力範圍，我就要被迫參加他們新政府成立的典禮，那是絕不能成為事實的！」

木蘭花道：「從這裡起飛，不可能直飛到他們的地方去，中途他們一定還有新的花樣，但如果不上他們的飛機，我們可有第二個離去的辦法？」

那年輕人又道：「如果我上了他們的飛機，我豈不是成了俘虜？」

「你當然不是俘虜！我和我的丈夫，願意以自己的生命，來保證你不成為任何人的俘虜！」木蘭花說得十分嚴肅、誠懇。

那年輕人望了望木蘭花，又望了望高翔，才道：「好，由你們決定！」

木蘭花站起身來，來到了艙門口，向那大漢招了招手。

那大漢走了過來，木蘭花道：「你們的邀請，暫時可以被接受，但是，我們三個人必須在一架機上！」

那大漢立時道：「你錯了，我們只奉命請他一個人！」

木蘭花堅持道：「你以為我們會答應？」

「看來你們非答應不可！」那大漢的回答，像是全然有恃無恐一樣！

木蘭花立時笑了起來，道：「你錯了，在你們的飛機一出現之際，我們就和直布羅陀方面有了聯絡，你以為能將我們消滅在海面上，而神不知鬼不覺麼？」

那大漢的神色變了一變，道：「可是，沒有證據！」

木蘭花厲聲道：「你帶來的二三十人，你能說，這二三十人中，沒有一個人會受良心的驅策，來揭發這種無恥的謀殺？」

那人漢震動了一下，但是他隨即冷笑了起來，道：「看來好像你對我的部下，比我更瞭解！」

木蘭花平靜地道：「人總是一樣的。」

8 永遠的秘密

那大漢的臉上，現出凶狠的神色來，他陰森森地笑了一下，道：「小姐，對於你們兩人的身分，我們也從友好國家中得到情報了！」

「那絕不出奇，」木蘭花泰然說：「我們曾在那個國家的大使館中被囚禁過，但還是給我們逃了出來。」

那大漢來回踱了幾步，道：「好，我可以允許你們一起上飛機，但如果你們以為三個人在一起，就可以反抗的話，那就大錯特錯了！」

木蘭花忽然一笑，然後講出了一句滿含哲理的話來，道：「人誰能不犯錯誤呢？」

那大漢揚起了手，道：「請上飛機！」

木蘭花和高翔將那年輕人夾在中間，他們離開了「海上魔鬼號」，登上了小艇，有四個人和他們一起上了小艇。

那四個人划著橡皮小艇，來到了一架水上飛機之旁。

那時，其餘的人也全離開了「海上魔鬼號」，分別划著小艇，到了水上飛機的旁邊，那領隊的大漢緊隨在木蘭花等三人的身後，幾名槍手監押著木蘭花等三人上了水上飛機。

他們三人被安排在機艙中心的座位，連那大漢在內，總共有八個手持武器的人，分別在艙首和艙尾監視著他們。

當艙門關上之後，水上飛機便迅速地在水面上滑行，立時升空，向北飛去。

當木蘭花等三人所在的那架水上飛機升空之後，他們看到，另外兩架水上飛機在「海上魔鬼號」的上空盤旋著，拋下了好幾枚燃燒彈，那「海上魔鬼號」已在著火燃燒了！

從燃燒的情形看來，只怕至多半個小時，「海上魔鬼號」就會沉沒，從此，再也不會有人找到它了！

木蘭花等三人，都由機艙的窗中，看見海面上「海上魔鬼號」燃燒的情形，直到看不見了，他們才轉回頭來。

那年輕人看了看機艙中的情形，低聲道：「看來，我們好像沒有什麼機會。」

木蘭花並不出聲，當那年輕人那樣說的時候，高翔也望著木蘭花，他自然也想知道木蘭花可有什麼辦法。

但是木蘭花卻一點表示也沒有。

高翔和那年輕人都知道，他們上飛機來的時候，並未曾被搜過身，那也就是說，木蘭花還有一把手槍在身上，對方可能不知道。

可是，在幾把手提機槍的監視下，一把手槍又能有什麼用呢？想到了這一點，高翔也不禁苦笑了起來。

飛機一直向北飛著，高度也越來越高，有幾分鐘的時間，飛機完全是在雲層中飛行的。

等到飛機穿出了雲層之後，木蘭花突然轉過頭去，問那大漢道：「我想知道這架飛機的飛行，是否安全！」

那大漢瞪了木蘭花一眼，道：「請放心，駕駛員是第一流的，飛機的機件也是第一流的，在起飛之前，也曾經詳細的檢查。」

「我不認為這飛機的燃料，可以應付長途的飛行。」木蘭花又說。

「我們的燃料補給飛機，會在空中補充燃料。」那大漢回答著，「我們也不希望我們的貴賓會有任何意外。」

木蘭花冷笑一聲，道：「在長途飛行中，會經過很多國家的國境，水上飛機又不能夠高飛，沒有標誌的飛機，有什麼辦法可以不被高射炮火擊落？」

那大漢略呆了一呆，道：「那只好冒一冒險了，我們的航線是盡量沿海飛行，到了非轉入內陸不可的時候，才轉入內陸上空飛行。」

木蘭花沉聲道：「被你們強迫去參加政府成立典禮是一回事，冒著被高射炮火擊落的危險飛行，又是一回事，我要求有切實的安全保證！」

那大漢怒道：「那我有什麼辦法？難道叫我通知各國政府，在三架沒有標誌的飛機之中一架上，有著一個身分重要的男人？」

木蘭花冷笑著，道：「你當然不敢那樣做，因為你是在進行見不得人的犯罪行徑，但是，我們要有降落傘、救生衣的配備，你有麼？」

那人漢瞪了木蘭花好一會，才轉過了頭去，對一個人道：「給他們降落傘和救生衣，免得他們以為飛機隨時會出意外！」

那人走進了尾艙之中，不一會，就提著三副降落傘和救生衣走了出來，機艙中的幾個人，全都發出了譏嘲的笑聲來。

但是木蘭花卻根本不理會他們的譏嘲，她向高翔和那年輕人道：「來，我們背上降落傘，套上救生衣，以防萬一。」

高翔和那年輕人卻皺著眉，他們也都不願意被機艙中別的人看作是怕死膽小的人，但是他們卻知道，木蘭花要他們那樣做，一定有道理的。

木蘭花、高翔和那年輕人站了起來，將降落傘負在背上，又套上了救生衣。

木蘭花平時的動作是最快捷的，但是這時，她卻顯得笨手笨腳，最後才將兩樣東西弄妥當。

她在機艙中來回走了兩步，笑道：「那兩件東西倒並不算沉重，你們也走幾步試試！」

她一面說，一面向高翔使了一個眼色，她的眼，向機艙的門口轉了一轉。

高翔看到了這種情形，心中不禁陡地一呆。

他看出，木蘭花是要他帶著那年輕人，盡可能接近機艙的門口。可是，機艙的門是關著的，就算接近門口，又有什麼用？

但是，儘管高翔的心中在疑惑，他還是拉著那年輕人的手，一起向前走了幾步。

來到了艙門的附近，他還笑著，揮著手臂道：「背上了降落傘，除了吃東西比較不方便外，倒也沒有什麼！」

那大漢冷冷地望著他們，道：「那是你們自找麻煩！」

那大漢才講了一句話，突然之間，槍聲響了！

槍聲接連響了四下，在機艙中聽來，槍聲實是驚人之極，令得每一個人都突然一呆，幾乎沒有人知道剎那間，究竟發生了什麼事！

而也就在那一剎那間，木蘭花疾聲大叫道：「拉！」

木蘭花只叫出了一個字，高翔已然看到，那四槍都射在艙門的掣上，艙門已然鬆動，正在發出劇烈的震盪聲。

高翔在那瞬間，也不及去想別的，木蘭花的那一個「拉」字，在他的腦中立即構成了行動的命令，他拉著那年輕人，就向艙門衝去！

這一切，全都也不過是兩秒鐘之內的事情，高翔離艙門本來就很近，他一步跨到了艙門之前，用力一拉，已將門拉開了兩尺。

門一開，一股旋風捲進了機艙來，高翔的身子一側，拉著那年輕人一起翻出了艙外。

在他翻出艙外的那一瞬間，他聽到那大漢發出了一下怒吼聲！

而木蘭花在連發四槍，射斷了艙門的門鉤之後，一面喝叫著，叫高翔拉開艙門，一面也向前衝去。

她一面向前衝出，一面又已射出了一槍。

她必須射死那領隊的大漢，不然，他們三人就算跳出了機艙，飛機只要跟蹤向他們掃射，他們也是一樣有死無生的！

而那大漢，木蘭花知道他負有不能成功地進行綁架，就將人秘密殺害的密令，所以，木蘭花要射死他，使其他的人不敢發出關係如此重大的命令來。

木蘭花的確是一等一的神槍手，在那樣的情形下，她一面向前衝去，一面射出了一槍，她那一槍，還是射中了那大漢的心口！

那大漢的身子向後倒撞了出去，木蘭花已經翻出了艙門，當她翻出了艙門之後，手提機槍自艙中掃射了出來。

木蘭花本來是絕不想傷害太多人的，她以為射死了那大漢就可以使對方慌亂無主了，可是如今，從手提機槍的子彈突然從艙門中呼嘯掃出的情形來看，她的打算顯然失敗了。

她的身子在空中陡地翻了一翻，也就在那時，她射出了她手槍中最後一顆子彈！

那一顆子彈，正好射在水上飛機翼下的油箱中！

「轟」地一聲響，油箱立時起火，機身也立即傾側，在迅速地向下滑跌下去，下跌的速度，比木蘭花下跌的速度快得多。

從飛機側著身，滑跌下去的情形來看，機師像是在想以他的超卓技術，來挽救這架飛機。

但是，油箱著火，那是任何飛機的致命傷，技術再高的飛機師，也是無法挽回的了，飛機向下俯衝著，在快到接近海面的時候，「轟」地一聲巨響，化成了一團碩大無朋的火球！

那團火球，只不過閃耀了幾秒鐘，平靜的大海上，在激起了無數的水柱之後，立時又恢復了平靜。

木蘭花向下看去，看到在她腳下不到一百碼處，兩頂雪白的降落傘已張了開來。

那兩頂降落傘，在天空中飄蕩，向下降落著，木蘭花並不拉開降落傘，直到她已經落到和高翔他們一樣低時，她才拉開了傘。

他們三人幾乎是同時跌進了海水之中的，當他們從海水中冒起頭來的時候。他們相距不超過二十碼，他們立時游在一起。

那年輕人激動地道：「蘭花小姐，你真了不起，一把手槍在你的手中，竟有那麼大的作用！」

木蘭花先拉開了救生衣的氣栓，救生衣充滿了氣，將她的身子完全浮了起來。高翔和那年輕人，也一起拉動了救生衣的氣栓。

木蘭花就用降落傘的繩子，將三件救生衣綁在一起，她道：「降落傘漂在海面上，可以使船隻容易發現我們，我們不能說已脫離了危險，從現在開始，我們必須完全節省體力，一句話也不說，因為我們沒有水，沒有糧食，又不知道要在海面漂流多久！」

高翔和那年輕人點著頭，他們一起抬頭向天上看了看，太陽就在他們的頭頂，正是中午時分，他們除了在海水中飄浮之外，一點辦法也沒有。因為他們根本不知道這時候，是在什麼地方，離岸有多遠。

木蘭花的話是對的，他們必須善加利用每一分的體力，來博取可以在海面上飄浮更多的時間，以爭取更多的遇救機會。

他們三個人在海面上飄浮著，眼看日頭漸漸西沉，海面上成了一片金紅色，又眼看天色迅速地黑了下來。

在他們四周圍，只是海水，不但沒有一片陸地的影子，也沒有一隻船隻的影子。

他們卻忍著不說話，但是當天色完全黑了之後，高翔卻忍不住了，他道：「蘭花，我們沒有任何可以向人家求救的辦法麼？」

木蘭花搖了搖頭，道：「只有等到人家發現我們！」

那年輕人嘆了一聲，道：「我累得你們的蜜月出現這樣的局面，真不好意思。」

木蘭花望著那年輕人，道：「你應該是勇敢的象徵，你不應該嘆氣的！」

那年輕人叫道：「可是，我也是人，難道我不能有人的感情？」

木蘭花在那樣的情形下，居然還笑了起來，她道：「但是，我相信，在你所受的教育之中，一定曾有人不斷教你掩飾人的感情上的弱點！」

那年輕人點了點頭，但是他卻又嘆了一聲。

夜更深了，海心上閃起一片幽幽的光芒，他們仍飄浮在海面上，在經過了難捱的一夜之後，濃霧又開始罩住了海面。

他們三人的嘴唇，已乾得好像要裂了開來一樣，一大團一大團充滿了水點的濃霧，在他們頭上飄過，使他們的嘴唇得到少得可憐的潤濕。

但是，那是全然無濟於事的。

接著，濃霧漸漸消散，太陽又曬下來了。

等到太陽漸漸升起時，他們三人都感到了極度的昏眩。

再沒有比在海上飄流更令人啼笑皆非的了，四周圍全是一望無際的水，但是在海上飄浮的人，卻十之八九是因渴致死的！

連木蘭花在內，他們三人都無法不住地舔著嘴唇，然而，越舔越是乾，那種乾渴的痛苦，倒將他們身子浸在海水中的痛苦，一起掩蓋了過去。

他們的喉中，像是要冒出火來。

他們眼睜睜地看著太陽在他們的頭頂上緩緩移動，他們三人的心中，都起了一個疑問：不知道是不是能支持得到看到太陽隱沒？

然而，他們三個人的運氣卻好得出奇。那只能說是運氣好，因為這是他們三人中，任何人都無法憑自已的能力做得到的事。

一艘船在他們的視線範圍內出現了！

他們是一齊看到那艘船的，他們三個人齊聲歡呼了起來，那艘船上的人，自然是聽不到他們的呼叫聲，但是他們的身後，還拖著三頂飄浮在海面的降落傘，那成為顯著的目標。

船上的人顯然已發現他們，因為船正在迅速地向他們移近！

在那艘摩洛哥的大型漁船的船長室中，高翔、木蘭花和那年輕人，在得到了充分的飲料之後，由船上的醫生注射了鎮靜劑，正在沉睡。

船正在向直布羅陀駛去。他們三人是在離摩洛哥海岸二十浬處的大西洋中獲救的，當那年輕人在飲了充足的食水之後，他的第一句便是對船長說的。

他道：「請你將船駛往直布羅陀去！」

當船長有難色的時候，那年輕人道：「你將船駛往直布羅陀去，我會補償你一年漁獲的損失！」

船長看著那船長還表示懷疑時，高翔已笑了起來，道：「那我也賠償得起！」

高翔自他的上衣袋中摸出銀包來，銀包已被浸得發漲了，銀包中的一疊美金旅行支票，也全已濕透了，但是，還是可以辨認得出，那是在世界各地都可以通用的美金旅行支票，而且，數字是如此之巨！

船長沒有疑惑了，他告訴他們好好休息，他們一醒來，可能已快接近直布羅陀了！

當木蘭花、高翔和那年輕人從酣睡中醒來時，船的確已將接近直布羅陀了，他們在船長室中，進食著豐富的食物。

那年輕人道：「你們知道，我到了直布羅陀之後，要做什麼？」

高翔搖了搖頭，但木蘭花卻立即道：「你還是不改變你的計劃！」

那年輕人點頭道：「是的，我還要去！」

木蘭花搖頭道：「可是你不必去了！」

「沒有什麼可以阻止我前去！」那年輕人堅決地說。

木蘭花望著他，道：「可是，已經遲了！」

那年輕人怔了一怔，道：「遲了，你是什麼意思？」

木蘭花道：「我比你們早醒半小時，我已在收音機中聽到了新聞，那個政權，已經正式宣布成立了。當然，他們的宣布是提早了，而且，也沒有你的光臨作為嘉賓，但它還是成立了！」

那年輕人停止了刀叉的動作，呆了半晌，才道：「你不是為了要阻止我，才那樣說的吧？」

木蘭花笑了一下，道：「那是全世界都知道的大新聞，如果我竟可以隱瞞你的話，那豈不是太滑稽的事麼？那是真的！」

那年輕人放下了刀叉，站了起來。他一聲不出，慢慢地向外走去。

高翔也站了起身來，木蘭花忙道：「別去打擾他，他需要靜一靜，來使他的情緒得到平靜。我們管我們吃東西，食物很精美，是不是？」

高翔望著木蘭花，木蘭花穿著水手的粗布衣服，她的頭髮，用一根布條束在腦後，雖然是那樣，卻仍然不減她的嫵媚美麗。高翔怔怔地看著，不禁看得瘋了！

木蘭花嗔道：「你做什麼？」

高翔據實答道：「我在看你啊！」

木蘭花也不禁笑了起來。

他們兩人用完了食物，手攜著手走出艙去，已可以看到直布羅陀附近巍峨的山影了，而那年輕人則站在船頭上，動也不動。

等到木蘭花和高翔兩人來到了他的身後，他聽到了腳步聲，才轉過身來，道：「我已經想通了，我將個人的力量估計得太高了！」

木蘭花和高翔都不出聲。

那年輕人又道：「我想，我就算到了目的地，也一樣會被他們用強硬的手段來利用的，我非但不足以破壞這個政權，反會對他們有助！」

木蘭花笑道：「事實正是如此！」

高翔也笑道：「那麼，現在你想怎樣？」

「我，」那年輕人也跟著笑了起來，「我要去見我的母親，感謝她委託了兩位如此能幹的人，將我從危急的境地中救了出來！」

木蘭花笑道：「你的食物還未曾吃完，而你一定很需要食物，因為你終究是人！」

年輕人笑了起來，這時，已經可以看到直布羅陀依山而建的建築物了，船正在迅速地駛向直布羅陀的港口。那時，又是夕陽西下的時候了！

他們在直布羅陀停留了一夜，第二天早上，由高翔駕駛著一架噴射機，直飛羅馬，當他們在羅馬機場降落時，已有專車在等著他們。

他們又來到了那座古堡的華麗大廳之中，那年輕人的母親迎了出來，他們母子擁抱著，年輕人吻著他母親的雙頰。

那儀態高貴的婦人，雙眼中很潤濕，她來到了木蘭花和高翔之前，道：「兩位所做的事，應該可以獲得勳章，但是這件事，卻是絕不能宣揚出去的，是以請兩位接受我私人的感激！」

木蘭花笑道：「不要緊，當它沒有發生過就是了！」

高翔也道：「我們有幸能接受你的委託，也感到十分高興！」

女主人道：「請你們和我們一家人共進晚餐，就是我們一家人，沒有別人，我想，你們一定不會推卻的吧！」

木蘭花笑道：「不，我們準備推卻，我們正在蜜月旅行，過去的幾天中，我們雖然經過了許多地方，但絕不是蜜月旅行。」

女主人含笑點頭，道：「我明白！」

她一面說，一面除下了她手中所戴的一隻紅寶石戒指來，拉起了木蘭花的手，套進了木蘭花的手指，道：「這給你們做紀念。」

木蘭花沒有再推托，她自然不是貪圖那顆晶瑩的紅寶石的價值，她也知道，這顆紅寶石雖然貴重，但是在女主人擁有的珠寶中，卻也不算什麼。她贈送這枚戒指，全是為了表示她的感激，如果不讓她做感激的表示，那也未免太不近人情了！

木蘭花和高翔向女主人告辭，離開了那座古堡，回到了市區中，他們原來早就訂好了酒店。到了酒店之後，木蘭花立時接通了長途電話。

穆秀珍的聲音，即使在長途電話中聽來，也有震耳欲聾之感，她大聲叫道：「蘭花姐，你好啊，多少時候不給我電話了！」

木蘭花笑著，道：「我們有一點事！」

「什麼事？我不信有什麼事。」

木蘭花道：「為什麼，你和四風的蜜月有那麼多事發生，為什麼我們的蜜月，就會一點事也沒有，這不是不近情理麼？」

穆秀珍大感興趣，立時道：「什麼事啊，蘭花姐，講給我聽！」

木蘭花道：「我們受了一個母親的委託，將她的兒子從很危險的處境之中救了出來，說起來，倒也沒有什麼稀奇！」

雖然相隔幾萬里，但是木蘭花一聽到穆秀珍的聲音，就像是看到她扁著嘴的那種神情一樣，穆秀珍道：「那又有什麼稀奇？」

木蘭花道：「我只說我們有一些事，並沒有說稀奇的事啊，現在，事情已過去，我們的旅行也恢復了正常，代我問候安妮，下次再通電話。」

「好的，記得時常打電話給我！」穆秀珍說。

木蘭花答應著，放下了電話。

一直站在木蘭花身後的高翔道：「蘭花，為什麼不將我們救出來的是什麼人，講給秀珍聽？」

木蘭花睜大了眼，道：「我們救出來的，不是一個普通人麼？連他自己也承認了，他是一個人，有著普通人的感情！」

高翔先是呆了一呆，但是他立即明白木蘭花那樣說，是什麼意思了！

那是因為他們救出來的人，身分太特殊了，這件事，一定將成為永遠的秘密，除了身歷其境的人外，不會有別的人知道。

而木蘭花那樣回答高翔，用意也很明顯，那是要高翔再也不要提起這件事來，即使是在他們兩人之間，也不要提起它來。

高翔在明白了木蘭花的意思之後，笑著伸了一個懶腰，坐在沙發上，道：「辛苦了那麼多天，總得好好休息一下了！」

木蘭花道：「我已訂下歌劇院最好的座位。」

高翔忙道：「不，我不去聽歌劇。」

木蘭花驚訝地道：「那你準備做什麼？」

高翔笑道：「和你在一起，只和你在一起！」

木蘭花「呸」地一聲，走到了陽台上，高翔忙跟了出去，他站在木蘭花的身後，輕輕擁住了木蘭花，木蘭花也將身子靠在高翔的身上。

天色已漸漸黑下來了，他們一直站立不動，馬路上來往川流不息的車輛，都著了燈，形成一條條閃耀、流動的光線。

遠處的霓虹燈，閃耀著迷人的光彩。

高翔和木蘭花兩人都不相信，的確，世上還有什麼比兩個互相愛得如此深切的人，互相依偎在一起更愉快的事情呢？

請續看《木蘭花傳奇》26 碧玉船

倪匡奇情作品集

木蘭花傳奇 25 詭局（含：地道奇人、蜜月奇遇）

作　者：倪匡
發行人：陳曉林
出版所：風雲時代出版股份有限公司
地址：10576台北市民生東路五段178號7樓之3
電話：(02) 2756-0949
傳真：(02) 2765-3799
執行主編：朱墨菲
美術設計：許惠芳
業務總監：張瑋鳳
出版日期：2024年6月
版權授權：倪匡
ISBN ：978-626-7369-68-5
風雲書網：http://www.eastbooks.com.tw
官方部落格：http://eastbooks.pixnet.net/blog
Facebook：http://www.facebook.com/h7560949
E-mail：h7560949@ms15.hinet.net
劃撥帳號：12043291
戶名：風雲時代出版股份有限公司

風雲發行所：33373桃園市龜山區公西村2鄰復興街304巷96號
電話：(03) 318-1378　　傳真：(03) 318-1378
法律顧問：永然法律事務所 李永然律師
　　　　　北辰著作權事務所 蕭雄淋律師

行政院新聞局局版台業字第3595號 營利事業統一編號22759935

定價：299元

國家圖書館出版品預行編目資料

詭局／倪匡 著. -- 臺北市：風雲時代出版股份有限公司, 2024.02　面；公分.（木蘭花傳奇；25）

ISBN : 978-626-7369-68-5（平裝）

857.7　　112021907